――ならもう一度見てみる？
クロスじゃなくてシーツのほうが、もっと上手くさばけるよ。
Presented by Yuki Hyuga
Illustration by Tsubasa Myohjin

ビロードの夜に抱かれて

CROSS NOVELS

日向唯稀
NOVEL:Yuki Hyuga

明神　翼
ILLUST:Tsubasa Myohjin

CROSS NOVELS

CONTENTS

CROSS NOVELS

CONTENTS

ビロードの夜に抱かれて

Presented by Yuki Hyuga with Tsubasa Myohjin

CROSS NOVELS

日向唯稀

Illustration 明神 翼

1

磨き抜かれた黒曜石《こくようせき》のような眼差《まなざ》しには、ニューヨークの街を埋め尽くすビル群が映し出されていた。

その横顔はシャープで毅然《きぜん》としており、高層ビルの最上階に設けられたパノラマの窓から見下ろす様は、天空の王にも匹敵する出《い》で立ちだ。

それでも普段から多忙な若き米国のホテル王、ベルベット・グループの社長・圏崎亨彦《けんざきみちひこ》がオフィスの窓辺でこうして寛《くつろ》ぐのは珍しいことで、ランチタイムの余韻を楽しんでいるのかウエストコート姿でマグを片手に佇《たたず》んでいる。

淹《い》れ立ての珈琲を堪能《たんのう》しながら、心なしか微笑さえ浮かべていた。

「花嫁より美しい配膳人《はいぜん》？」

だが、こうした時間さえ秘書の話に耳を傾けていた圏崎は、発した言葉と共に振り返った。

艶《つや》やかで甘みのあるマスクが、かなり険しいものになっている。この期に及んで「なんの冗談だ」と言わんばかりの目つきだ。

なぜなら圏崎は、留学時代に勤めたベルベット・ホテル——どちらかといえば老舗《しにせ》とは名ばかりの中堅以下の古びたホテルのベッドメイク係のバイトから現在の地位まで上り詰めた生粋《きっすい》のホテルマンだった。

それも持ち前のサービス精神と日本人《にほんじん》らしいもてなしの心、何よりサービス業への揺るぎない理想と信念を形にすることでホテルを立て直し、組織を確立し拡大、飛躍させてアメリカンドリームを手にした今や米国ホテル界の新星だ。

他はともかく、こと仕事に関《かか》わることにかけては一切の妥協も冗談も通じない。それが要《かなめ》ともなるサービスに関してのことなら尚更《なおさら》というものなのだ。

「香山《かやま》・テン・フィンガーズのリーダー。事務所のトップサービスマンは今が五代目ですが、代々そう呼ばれているそうですよ」

しかし、怒気さえ放った圏崎の視線を真っ向から受け止め、微笑《ほほえ》みさえ浮かべたのは、ゆるやかなウエーブがかかった栗《くり》色の髪にブルーの瞳が映える美丈夫な秘書、アルフレッド・アダムスだった。

圏崎と同じ今年三十になろうというアルフレッドは、今でこそ社長秘書に徹しているが、元はパリの三ツ星レストランでシェフ・ド・ラン（シェフとお客を繋《つな》ぐ者）を務めていた配膳のスペシャリストだ。

自身の仕事に誇りを持ち、食とサービスには人一倍うるさく、彼を求める一流シェフは跡を絶たないほどだが、それでも圏崎の仕事と熱意に惚《ほ》れ込み転職してきた重鎮中の重鎮だ。

部下であると同時にグループを運営していく上での同志でもあり、圏崎の性格なら誰より熟知している。それにも拘《かかわ》らずこんな話をしているのだから、冗談でもなんでもない。至極真面目《まじめ》な話だ。

「こちらに現地の者から送られてきた調査資料がありますが、ご覧になりますか？　確かに見目麗しい者ばかりです。かなり粒が揃《そろ》っておりますが」

アルフレッドは本気であることを示すように、手にしたＢ５判サイズの資料を圏崎に差し出した。

「悪ふざけがすぎるようだな、アルフレッド。サービスは見た目で決めるものじゃないだろう？　そんなことでトップが決まるんだとしたら、よほど低レベルな配膳事務所だ。だいたいなんなんだ、そのテン・フィンガーズって。子供の遊びじゃないんだぞ」

こんなときに日頃の態度が災いするのか、圏崎は頑として受け入れなかった。

アルフレッドは確かに誠実で尊敬できる男だが、真顔で冗談を言うのも得意なタイプだった。根っから陽気な国民性と言ってしまえばそれきりだが、幾度となく彼の放ったブラックジョークに苦笑をしいられたかわからない圏崎にしたら、せめてその手の冗談はオフのときにしてくれ、せめて会社を出てからにしてくれと言いたいところなのだろう。

おかげで差し出された資料を手にしないどころか、見向きもしない。

「お怒りは御尤《ごもっと》もで。ですが、こちらの事務所の創立者は日本でも五指に入る、世界中の都市部に支店を持つマンデリンホテルの幹部出身者です。その縁もあって、マンデリンクラスのホテルが主な派遣先になっているようですが、注目すべきは現在の二代目社長でしょうか。事務所運営の傍ら米国の老舗ホテル、プレジデントホテルの特別相談役にも抜擢《ばってき》されて大活躍中です。香山晃《あきら》氏…というよりは、黒服の麗人と説明申し上げたほうが、社長の記憶にも新しいのでは？」

アルフレッドは、溜息《ためいき》交じりに説明を加えた。

「なんだと？　彼はプレジデントホテルの人間じゃなかったのか？　つい先日足を運んだパーティーでも指揮を執《と》っていたが…。あの伝統あるプレジデントホテルが、自社の人間でもない者に同業者を招くような大事な現場を任せていたっていうのか？」

すると圏崎の瞳が、やっとアルフレッドの姿を映した。

覚えのある男、一目置いていたホテルマンの名前を出されて、さすがに気になったようだ。

「それがプレジデントサイドの評価なのでしょうね。ちなみに、あの方以外にも各国の名門ホテルやレストランの相談役になっている方が、この事務所には多数いらっしゃるようです。こうなると、派遣事務所だからといって侮れる存在ではないと思いますよ。実力にしても、その美しさにしても――――」

一瞬にして圏崎の態度を変えさせた香山晃は、彼らより十歳ほど上のアラフォーだが、誰の目から見ても美しい男だった。

どちらかといえば中性的な魅力さえあり、そのくせ陽気で明るく快活で、とにかく華があって統率力が抜群なのだ。

しかも、仕事で事細かなところまで気が回るのは当然のこととしても、それを自然にさり気なくこなしていく様は、他社の人間ながら尊敬に値した。日々多くの人間と接する圏崎の記憶に一度で残った黒服の麗人だけに、その彼が手がける事務所なのかと思えば見方も変わる。

アルフレッドが言うように、派遣事務所だからといって侮れない。そこに集うのは間違いなく、圏崎が理想とするサービスを提供できる配膳人たちなのだろうから――――。

「容姿はどうでもいいと言ってるだろう」

とはいえ、容姿の話に触れるときのアルフレッドの目がどうにも悪戯《いたずら》めいていて、圏崎は資料に興味は湧《わ》いたが、手に取る気にはなれなかった。

アルフレッドの顔が見合い写真を持ってくるお節介な重役たちとダブってしまい、この場で至高のメンバーを確かめたいとは思えなかったのだ。

「さようですか」

アルフレッドはしぶしぶと資料を引いた。

今の話が冗談や洒落《しやれ》でないのは確かだが、これを話のネタに幾分はしゃぎたかったのも事実なのだろう、いつになく残念そうだ。

「せっかく社長の好みそうな方も載っているのに」

「なんだって?」

「いえ、なんでも」

やはり嫌な予感は的中していた。

そそくさと資料を片付けるアルフレッドに、圏崎は深い溜息をつく。

『何が好みそうだ。日本進出をかけた大事なときだっていうのに、アルフレッドの奴』

だが、何を思ったところで、ニューヨークの空は快晴だ。

そしてこの空の向こうには、圏崎が目指すものがある。

『いや、アルフレッドのことばかりは言ってられないか』

圏崎は、気持ちを切り替えるようにマグを口に運んで、残ったそれを一気に飲み干した。

すっかり冷めて風味を失《な》くしたブルーマウンテンに失笑しつつも、空になったマグを片手に今一度アルフレッドに視線をやった。

「それで、実際のところ母国に進出するには、その事務所の存在は不可欠なのか？　他からの引き抜きや新規の募集では駄目なのか？　未だにどこも不景気だ。三十代、四十代が早期退職を求められる会社も多い。名のあるホテルから鍛え抜かれた人材を集めることも可能だろう？　サラリーに糸目はつけないぞ。宴会課のサービスは、要の一つだからな」

圏崎は、微妙に逸《そ》れてしまった話を元に戻した。

まずは米国で成功を収めた圏崎の次なる目標は、日本のホテル業界への進出だった。

どこもかしこも不況に喘ぐ今だからこそ、彼はこれまでに〝倒れそうな老舗ホテルを買収、改築、社員の徹底教育によるサービス向上を掲げたリニューアルオープン〟というオーソドックスだが、コンセプトに徹した手法で事業を成功、拡大してきた。

中には自らグループの傘下に入ることで自社の立て直しをはかり、フランチャイズ形式を取り入れるホテルまで急増したことが、彼の飛躍を早めたともいえる。

臨機応変で柔軟な経営姿勢と、頑《かたく》ななまでのポリシー。その双方が備わっているからこそ、圏崎は不況を武器に勝ち上がってきた。

が、そんな彼にとって不可欠なのは、やはり優れた人材だ。

ホテルの顔であり、軸となる至高のサービスを提供できる従業員の確保に他ならない。

「生憎《あいにく》、そういう人材ばかりが自然と集まっているのが、香山配膳のようです。ですので、どこまでも最高のサービスを提供したい、それをホテルの謳《うた》い文句とするなら、日本では香山との契約は不可欠かと存じます」

圏崎は、日本進出に向けての準備段階として、人材確保に力を入れていた。

その答えとしてアルフレッドから報告されてきたのが、一つの派遣会社だった。

「そうか。それにしても情けない話だな。ようはそこまで日本のホテル業界が地に落ちているということだろう？　優秀なサービスマンが名のあるホテルより、派遣事務所を選ぶ。そうせざるを得ない者もいるのだろうが、他国のホテル業界では考えられないことだ」

ただ、圏崎は香山晃という優れたサービスマンの存在を知っていて尚、母国にそんな派遣会社が存在していることが信じ難かった。

そこに頼っている、契約を結んでいるという名門ホテルが多々あるというのがどうにも腑《ふ》に落ちず、香山配膳を認めたいという気持ちにもなれなかった。

それほど圏崎が知る限り、高級、一流と評されるホテルのメインサービスマンは通常社員だ。

その社員教育の内容と成果がサービス強化に繋がり、他社との差別化を図っているのが普通だろうに、それでは補いきれないというのだろうか？

いったいマンデリンをはじめとする第一線のホテル管理者たちは、自社で何をしているだろう？

まさか経費削減のためとはいえ、一番肝心なところからカットしたとは思いたくないが、他に理由が浮かばない今、そうとしか考えられずに憤りさえ起こってきた。

圏崎は空のマグを握りながら、いささか眉《まゆ》を顰《ひそ》めている。

「それはどうでしょうか？　報告書によれば、誰もが知る高級ホテルより香山配膳というブランドのほうが上にある。真のサービスマンには、在籍する価値があると判断されている事務所だと書かれています。我々にはなかなかピンとこないことですが、日本にはそれほどサービスに徹したプロフェッショナル集団が存在していると、素直に評価してもいいのでは？」

そんな圏崎をフォローするように、アルフレッドが笑う。

「どこにも属さず、どこにも靡《なび》かず、またどこにも染まることなく。設立以来自身が求める至高のサービス精神と技術の向上にのみに徹してきたことで、この長年の不況さえものともせずに存在し続けている事務所があるのだと」

アルフレッド自身、一人の配膳人としてなら、決して自分が香山晃に劣るとは思っていなかった。

客観的に見ても、実力で言うなら五分と五分。ワインや食材のソムリエとしての資格保持数で見るなら、若干とはいえ自分のほうが知識は上かもしれない。

ただ、比べようのない差があるとするなら、香山は巨大なホールとキッチンを繋ぐコミ・ド・ランだった。

一流どころとはいえ、レストランで鍛えられたシェフ・ド・ランとの違いは、やはり宴会場で動く多くの食事やスタッフを同時に動かすその手腕だろう。

ときには何百人という客を相手に状況を見極め、何十人というキッチンとホールのスタッフ相手に適切な指示を出す。この判断力はレストランで培《つちか》われるものとは、やはり違う。

その違いはアルフレッド自身が宴会場に立つと感じるもので、こればかりは極めれば極めるほど異なる資質のものだと実感するところだ。

それだけに、アルフレッドも口では圏崎を宥《なだ》めたが、次第に語尾が重くなっている。

「――――とはいえ、確かに半信半疑にもなりますよね。あの香山晃氏ほどの逸材が何人も、場合によっては何十人もいるだろうサービス専門の派遣事務所があるなんて。これが専門学校だというならまだ理解の範囲内ですが、プロフェッショナルが集まる組織というのが夢のようで」

資料だけでは計り知れないその組織力を見てみたい。そんな気持ちになって、一つの提案をすることにもなった。

「いっそ、直《じか》に見てみましょうか」

「直に？」

「ええ。実は私も興味があるんです。部下の調査に間違いはないと思いますが、ここに書かれていることが真実《ほんとう》なのか。こんな理想的な事務所が実際あるのか、この目で確かめてみたいんです」

アルフレッドの提案に、圏崎は目を輝かせた。

「早急に機会はつくれるのか？」

「はい。それはどうにでも」

「わかった。なら、この件に関しては、お前に任せる」

やはり、百聞は一見にしかずということだろう。

圏崎は胸のつかえがスッキリとしたのか、ようやくアルフレッドに笑みを見せた。

「そして、実際見て納得がいったときには、その事務所から人材を引っ張れるだけ引っ張れるように段取りも整えておけ。もちろん、丸ごと抱え込めるなら、それに越したことはないが」

新たな指示も出した。

「事務所ごとですか？　新旧合わせたら、どれほどの登録社員を抱えているかわからないところですよ。サービスマンの年齢幅も広いでしょうし」

「優秀なサービスマンなら年齢を問わず、一人でも多く手の内に入れるに限る。今後、何軒のホテルが我がベルベット・グループの傘下に収まると思ってるんだ。一軒や二軒じゃないんだぞ」

驚くアルフレッドに、力強く言い放つ。

「あ…。さようですね」

「もちろんそのためにも、まずは最初の一軒目。このホテル青山静汕荘《あおやませいざんそう》を手中に収めるのが先だけどな」

圏崎は、握りしめたマグを手にデスクへ戻ると、複数ある資料の中から一つを手に取った。

それは現在協議中の資料で、圏崎がベルベット・グループ日本進出第一号店として希望し、もっとも力を入れている老舗の中堅ホテルだった。

「ホテルや飲食店に人を集めたいなら、忘れられないサービスを提供すればいい。たとえ三ツ星レストランや高級ホテルでなくとも、人はその場の空気を心で味わい、そして酔うものだ」

圏崎がこれまでに立て直し、傘下に収めてきたホテルを見てもわかるように、決して大型の高級思考を売りにした空間づくりで成功を手にしたわけではなかった。

むしろ最初のスタート地点となった中堅ホテル、地元に昔から根づく老舗ホテルの歴史を大切にすることで、客を呼び戻し、また新規に集めることに成功した男だ。

「ならば、もう一度酔いたいと思える場所づくりに徹すればいい。そう感じられるサービスを提供すればいい」

圏崎が学生時代からの留学で一番に学んだことは、どんなにお金があっても歴史は買えない。すでに刻まれたときだけは買い戻すことが叶《かな》わないということだった。

これは当たり前のようだが、大切なことだと気づいた。

他国に比べて、まだまだ若い米国という国に行ったからこその発見と認識だった。

だからこそ、次は歴史のある母国に戻って、自身の経営理念を確かめたいとも感じた。

これが正しいのか、そうでないのかを確認したくて、圏崎は手にした資料を握りしめた。

「ベルベットに包まれるような、上質なひとときを。手軽に、そして低コストで」

希望と野望は、東の空の果てにある。

海を渡った決して大きくもない島国にある。

圏崎の意欲的な眼差しに感化されて、アルフレッドの目も一際輝く。

「御意に――――」

二人は目を合わせると、ふいに笑い合ってから仕事に戻った。

それは四月の晴れた午後、澄み渡った空が美しい春の終わりのことだった。

2

年々失業率が上昇していく最中《さなか》、それでも世間を見渡せばさまざまな職業は存在していた。

「失礼しま〜す。あ、啓《けい》さん…。いや、中津川《なかつがわ》専務、お疲れ様で〜す」

遠い異国の空の下で話題に上った配膳業もその一つで、国内の派遣会社の中では間違いなくトップに君臨している香山配膳の派遣社員たちは、今日もどこかで至高のサービスを提供することに勤《いそ》しんでいた。

「あ、響一《きょういち》くん。ずいぶん機嫌いいね。このゴールデンウィークも休みなしだっていうのに、なんかいいことでもあったの?」

「ん。明日は待ちに待ったメンズフォーマル、SOCIAL《ソシアル》のファッションショー&パーティーの仕事だから超楽しみで。あそこの専属モデル兼専務さんが、とにかくカッコよくてさ。久しぶりに近くで見られるかと思うと、ウキウキしちゃって。しかも、国内でもトップクラスのメンズモデルも一堂に揃うって話だし、新作発表されるスーツにも興味津々。やっぱ男の勝負服はSOCIALでしょう!」

特に、現在「香山TF《テン・フィンガーズ》」と呼ばれる事務所の中でも選《え》りすぐりの十人衆のトップ、事実上香山のナンバーワンとして君臨している社長の甥《おい》、香山響一は学業の傍ら充実した時間を過ごしていた。

有名大学の学生でさえ就職難で卒業を見合わせる時代に評価され、年々リストラされる人数が増えているような大手ホテルや結婚式場からまで常に引っ張りだこの状態だ。

それこそゴールデンウィークやウェディングシーズンに関係なくスケジュールは常に埋まっており、卒業後には「ぜひ就職してほしい」という切望が跡を絶たない、売れっ子の派遣サービスマンだ。

「ああ。響一くんはＳＯＣＩＡＬ好きだもんな。あそこはフォーマルの有名店だけあって高いのに、自腹で黒服を作って。ＳＯＣＩＡＬなら社長のお下がりがあっただろうにって、みんなで驚いた記憶がある」

そんな響一と穏やかな口調でやり取りしているのは、同級だった高校時代から晃と共に香山配膳に勤める専務、中津川啓。

現場から退き、晃と共に事務所勤務に徹するようになってから早五年、落ち着きのある風貌《ふうぼう》と口調は誰もが好むところで、まさに縁の下の力持ちだ。生まれたときから傍《そば》にいることもあって、響一にとっては家族同然の存在だ。

「――――そそ。俺が自腹切るってことで、かなりまけてもらっても二十万ぐらいだったから、そりゃ驚かれるよね。バイクでも買うならわかるけど、黒服一枚でってなったら、えーって感じだろうし」

そんな中津川が相手ということもあり、響一の口調はいつも以上に軽やかだった。

社長、専務と並んで置かれたデスクの脇《わき》にある三人掛けのソファに座り、すっかり腰を落ち着けている。

2LDKのマンションを改造して造られた事務所には、常に五人から六人の社員がいたが、誰もが微笑ましい顔つきで会話に耳を傾けている。決して仕事の手を止めることはないが、集中することもないのが玉にきずだ。

「けど、叔父貴のお下がりもらって着たときに、これ欲しいって思っちゃったから、しょうがないよね。俺にとって黒服は戦闘服だし、一生ものだし、何よりSOCIALを着てるんだって思うだけで俄然《がぜん》テンション上がるし。そう考えたら、決して高いものじゃない。専務もそうだったでしょう？　初めて黒服作ったときって。やっぱりレンタルとは違うな～って」

「まあ、そう言われたらそうだね。なんか、これでやっと一人前かって気がして」

「でしょ、でしょ。あれって不思議だよね。制服マジックの一種かもしれないけど」

「それはあるかもね。あ、ところでこの連休、本当に休み取らなくて大丈夫？　デートだからやっぱりとかって話はないの？　それとも言い出しづらいだけ？　言ってくれれば、今からでも調整するよ。社長には内緒でこっそりと」

そのうち何気ない会話の末に響一がムッとしても、聞き耳を立てていた社員たちは笑うばかりで、誰一人フォローをしない。

「そう言いながら、からかわないでよ。どうせ俺は奥手だよ。他社から人材をナンパすることはあっても、色恋にはまったく縁がないからね」

ムキになって席を立った響一を横目に、「そうそう。おかげでうちは、優秀な人材集めに未だ

に不自由したことがないよ」と、頷《うなず》く者ばかりだ。

「あははは。そうむくれないで。他人様が休みのときほど仕事してるんだから、ナンパもできないよね。有閑マダムにお持ち帰りされそうになったって話なら、しょっちゅう耳にするけどさ」

未だに思い通りの反応してくる響一が愛《いと》しくて、中津川は声を上げて笑うと、拗《す》ねた響一を宥めるようにキッチンからアイスティーを持ってきた。

「はっははは。仕事してると、高校生には見えないみたいなんだよね。特に黒服だとグンと年齢上がって見えるらしいし。だからって、クラブホストじゃないんだから、ポケットに携帯番号とか入れてくるのは勘弁してほしいんだけど…。どうしてか、よくやられるんだよね。有閑マダムだけじゃなく、怪しげな紳士からも」

冷えたグラスの手元に紙ナプキンを巻いてフォローするのは、もはや職業柄の癖。出すほうも出されるほうも当たり前のこととして、やり取りしている。

響一は軽く会釈をしながら受け取ると、一度尖《とが》らせた唇を冷えたグラスにつけた。

「あーあ。そんなところまで似ちゃったんだ、社長に」

「え？　叔父貴も？」

だが、興味深い返事のために、すぐにグラスを下ろした。

「昔から、花嫁より美しいって言われてきたのは伊達《だて》じゃないんだろうけどね。でも、一番最悪なのは、新郎に懐かれて成田離婚《なりたりこん》のきっかけになるパターンかな。あれは本当に困る。始末に負えない」

中津川は、じきに四十になるとは思えない、見えても三十半ばだろうと業界でも評判の美形社長、香山晃の優美な姿を思い起こすと、笑うに笑えない話をしながら肩を落とした。

「――それって、マジだったの？　ただの洒落とか噂《うわさ》じゃないの？」

これに関しては何度も耳にしたが、「まさか」「そんな馬鹿な」と軽く受け流していた響一だっただけに、目の前で肩を落とした中津川に焦りさえ感じる。

「おかげさまで実話だよ。響一くんのお母さん、初代TFトップの響子《きょうこ》さんから二代目の社長、その後も三代目、四代目と一人も漏れずにやらかしてる。もちろん、こっちは普通に仕事してるだけなんだけど、どうしてかそういう惨事が何年かに一度起こる。それも忘れた頃に！」

どうやら洒落でも冗談でもないらしい。

しかも、自分の母親もそれをしたのか！　叔父だけじゃなく!!　と思うと、響一は何やら我が身に流れる血が呪《のろ》わしく思えてきた。身内が人並み外れたビジュアルの持ち主だという事実に不満はないが、結婚式場をメインに勤めるサービスマンとしてはいただけない。幸せの絶頂にいるカップルを不幸のどん底に導いてどうするんだと、苦笑しか浮かばない。

「うわ…。それでよくうちの事務所、切られないね。そんなこと何回もやらかして」

「まあ、これぱっかりはこっちに非があるわけじゃないのは、使う側だってわかってるよ。むしろ勝手に離婚のきっかけにされたほうが凹《へこ》んじゃって、フォローが大変だしね」

中津川が言うのももっともな話だった。

「そりゃそうだろうね。たった一回披露宴で接したぐらいで、離婚の言い訳にされたらたまらないし。でも、そうか…。そんなことがあるのか～」

響一は、深い溜息をつくと、少し乾いた喉《のど》を潤すべくアイスティーを口に含んだ。

「響一くんも覚悟しといたほうがいいよ。離婚原因率、歴代の中でも社長がトップだからね」

「えー。俺は、叔父貴ほどセクシーでも天然でもないし」

さすがにそこまでは――と、今度こそ聞き流そうとする。

「だといいけど…。社長も同じようなことを言ってたんだよね、ちょうど今の響一くんぐらいの頃に」

「げーっ。そんな遺伝子は欲しくないいな」

と、そのときだった。

「なんの話だ？　二人揃って珍しい。身内話なら事務所の外でやれよ。他の奴らに示しがつかないからな」

八つほどデスクが置かれたリビングの扉を開いたのは、出先から戻ってきたのだろう二代目社長、香山晃だった。

「あ。ごめん、ごめん。つい」

中津川は、そそくさとデスクに戻ると、いっせいに手を動かし始めた他の社員同様、仕事に戻る。

「いいじゃんよ、少しぐらい。ってか、ここで身内話にならない相手を探すほうが、俺には難しいんだけど」

「そう言われたらそうか。お前の保育所代わりだったもんな、この事務所」

香山は着ていたスーツの上着を脱いで、ソファに置く。そして、響一のグラスに手を伸ばす。

「だろう。おかげさまで、こんなに立派なサービスマンに育ったよ。叔父貴みたいな」

「よく言うよ。俺の遺伝子は欲しくないいんだろう？」

半分ほど残ったそれをもらって飲んでいるわりには、しっかりと責め立てる。が、こんなやり取りをしているときの香山の表情は、一番艶やかで魅力的だった。

長身かつしなやかでスレンダーなボディサイズは、この二十年まったく変わらない。

日本どころか、米国のホテル業界に行ってまで「黒服の麗人」とあだ名される美貌は姉の響子共々母親譲りで、それは響一の代まで裏切ることなく引き継がれている。

それこそ中津川が思わず口にしたほど、響一と晃は現在と未来——もしくは過去と現在と呼べるほど似ており、優麗かつ華やかで、こうして立ち話をしている姿でさえ、他を圧倒するだけの存在感があった。

「なんだ、聞いてたのかよ。相変わらず意地悪だな、叔父貴は。あ、もしかして俺が専務と話してたから、やきもち焼いたの？」

何もこんなところまで似なくてもと思わせるのは、見た目によらず、二人揃ってやんちゃなところだが。

「は？」

「いつまで経《た》っても熱いな〜。でも、大丈夫だって。専務は叔父貴のことしか見てないから。たとえ俺がぴちぴちだった頃の叔父貴に瓜《うり》二つでも、お肌の曲がり角をとっくに過ぎた今の叔父貴のほうがいいんだって」

特に育った環境が環境だったせいもあるだろうが、香山の高校時代に比べて響一のほうが、この手の話題にも柔軟だ。

元気はつらつで、嫌味が嫌味に聞こえないぐらいだ。

「きょ、響一っ!!」

「嘘《うそ》です、ごめんなさい。言ってみただけです。未だに独り身の高校生の八つ当たりだと思って、どうか許して〜」

「許せるか、馬鹿っ」

ふざけながら事務所内で追いかけっこを始めた二人を見ると、中津川は仕事に集中しきれず、頬杖《ほおづえ》をついた。

「ったく。いつの間にか、生意気な口利くようになりやがって」

リビングから他の部屋に逃げられると、さすがに香山も諦《あきら》めて中津川のところまで来てぼやく。

「本当、お前そっくりだよな」

「なんか言ったか⁉」

「いや、別に。可愛いなって思っただけだよ」

しれっとした顔で微笑む中津川が憎らしい。知り合った頃から温和で寡黙で、滅多なことでは取り乱さない優等生。香山からすれば自分に似すぎた響一も扱いにくいが、正反対のタイプである中津川はそれ以上だ。

「可愛い…って」

そうでなくてもビジネスパートナーであり恋人でもあることは周知なのに、真顔でこんなことを言われてはたまらない。響一の言い分ではないが、二人が自然と放つ熱さに、他の者たちも目のやり場に困っている。

それを気配で察してか、香山は逃げた響一に話を戻す。

「――――で、響一。今日はどうしたんだ？　お前、直で現場に行く日じゃなかったのか？」

「あ。そうそう。そのつもりだったけど、一応明日の確認がしたくって寄ったんだ。時間の変更とかあったら大変だからさ」

ようやく本題に入れて、対面式のキッチンから顔を覗《のぞ》かせる。

が、期待に満ちた響一の顔を見ると、なぜか香山はハッとした。

「あ…、すまん。急だけどお前、明日は赤坂《あかさか》プレジデントホテルになった」

明らかに動揺しているのか、香山の声が小さくなった。

「は？」

「一日三発の結婚式に、ナイト・パーティーがセット。八時入りでざっと十五時間拘束かな。稼げて嬉《うれ》しいだろう、休日出勤しかできない高校生としては」

詳細を聞きにキッチンから出てきた響一の柳眉《りゅうび》が、徐々につり上がる。

「ちょっ、なんでだよ！　今回のＳＯＣＩＡＬ、いやマンデリンの仕事はご褒美のはずだろう。

ずっと楽しみにしてたのに、そんなの稼ぎの問題じゃないって」

普段、仕事に関しては一切文句を言わない響一だったが、今日ばかりは怒鳴った。

この日のために休みも入れずに働いてきただけに、前日変更など裏切りもいいところだ。

たとえ日当で二万円を超えるような仕事を用意されても、それはそれでこれはこれだ。お金には代えられない愉《たの》しみが、響一にはあったのだから。

しかし、

「しょうがないだろう。中尾《なかお》がマジで泣きついてきたんだから。しかも、聞けば聞くほどそりゃきついわって内容だったし。そうなったら、たった一本きりのパーティーのために、お前をマンデリンには行かせられないんだよ。諦めろ、これもお前の仕事への評価だ」

こうなったら開き直るしかないのは、香山も響一も大差がなかった。

「えーっっっ。どんな評価だよ。こんなときばっかり。ってか、中尾さんもずるいよな〜。ここぞとばかりに香山出身を楯《たて》に取って、いきなり予定をねじ込んでくるんだから〜」

「それも今更な話だな。どこの式場やホテルも、それを期待してうちから人材を引き抜いていくんだから。甘んじて受けろ」

香山は事情を説明すると、未だに手にしたままだった空のグラスを響一に押しつける。

「だとしても〜」

「穴埋めはするよ。そうだ、そのうちＳＯＣＩＡＬの専務と飯でも食えるように設定してやる。それならいいだろう?」

袖《そで》の下ならぬ、ただの洗い物になっただけのグラスを無理やり握らせ、まさに口八丁手八丁。香山は隠し持っていた印籠《いんろう》を出すと、その場で響一の顔つきを一変させた。

「え⁉　マジ。叔父貴にそんなことできんの？」

「そりゃ、これでもうちは親父の代からＳＯＣＩＡＬ愛好者だからな。それなりに付き合いはあるさ。それに、俺自身もあそこの専務とはいろんなパーティーで顔を合わせてるから。時間の都合さえどうにかなれば大丈夫だ」

相手の専務も多忙なら、香山も多忙。いったいこの先いつになったら二人の時間が合わせられるのかは誰にも読めないところだが、あえて口は挟まない。

中津川も他の社員たちも、この場は見て見ないふりに徹している。

「了解！　それなら手を打つ。明日は赤坂プレジデントでＯＫ」

手放しで歓喜する響一に、内心「すまん」と呟《つぶや》いているのは響一以外の全員だ。

みんながみんな話を聞きつつ、自分の前にあるパソコン画面に香山や響一のスケジュールを出して確認。そもそも二人が一緒に出かけることさえ、向こう半年は絶望的じゃないかと揃って項《うな》垂《だ》れている辺りは、素晴らしい連帯感だ。

「あーあ。またいいように乗せられて。見た目によらず扱いやすいよな～。お響は」

と、そんな様子をいつから見ていたのか、登録社員の一人であり、五代目香山ＴＦのナンバーツーでもある高見沢《たかみざわ》亮輔《りょうすけ》が頭を抱えながら入ってきた。

今年二十五になる高見沢はソムリエの資格を持っていて、去年まではパリの三ツ星レストランでシェフ・ド・ランを務めていた実力者。誰もが適度に長身でスマートなのは香山配膳の特徴だが、高見沢はそこから群を抜くほどのルックスだ。しかも、インテリジェントで、ブランドものの眼鏡《めがね》が似合うハンサムガイとなれば、どこへ行ってもモテモテだ。

単独ならば特等星の輝きを放つ彼がこの場でだけは一等星に見えるのは、ひとえに香山と響一が輝きすぎているためといえるだろう。

「本当。だから叔父貴にいいように使われるんだよ。ま、そこが兄貴のいいところでもあるんだけど」

「おう、高見沢。なんだ、響也《きようや》も一緒か」

「うん。駅でバッタリ会った」

そして、そんな高見沢の背後から顔を出したのは、響一の弟・香山響也。

現場デビューしてからのキャリアは一年と短いが、血は争えないのか、そもそも自宅が職場のような環境だったからか、その実力ですでにTF入りを果たしている。

しいて言うなら〝香山〟の組織を溺愛《できあい》しすぎたがために婿養子に入ってしまった料理人の父親似で、響一のような美麗なタイプではないが、どちらかといえば艶々した黒髪とクリッとしたつぶらな瞳が印象的で、駆けずり回る小動物を連想させるタイプ。今が育ち盛りの高校二年生――香山最年少の登録社員だ。

「たまたま近くまで来たんで、顔出しにと思って。これ差し入れです」

「俺は、ぱしり！　母さんから惣菜《そうざい》の差し入れ持っていけって言われて。ほい、これ。専務と食べてって」

高見沢と響也、二人並ぶととてもではないか、同職の人間とは思えない。

せいぜい広い振り幅の中で知り合ったサークル仲間か、親戚《しんせき》か。そんなふうにしか見えないが、現場に出れば間違いなく、同じオーラを放つ戦友であり同志だ。

ここに響一が加わり、残りの七人までもが揃えば、向かうところ敵なしのプロフェッショナルチーム、眩《まばゆ》いばかりの香山TFとなる。

「サンキュ～。あ、それよりお前ら、明日の予定だけど」

とはいえ、この二人は仕事最優先の響一や他のメンバーとは違って、社長直々に向けられた笑顔に両腕で揃ってバツをつくるような男たちでもあった。

「働けよ。稼ぎどきだろう」

「常にベストな仕事をするためにも、適度な休養は必要。それが俺のモットーなんで」

「俺も明日は休養日～。見たかった映画のプレミアチケットをゲットしたから、ここは譲れな～い」

何を言っても通じない。この辺りの徹底ぶりは、ある意味他のメンバーにはない魅力だが、香山には厄介だ。

「そこをなんとか」

飴《あめ》を出されようが、鞭《むち》を振るわれようが、ニコニコしながらNOを貫く。

学校がなければ毎日でも現場に出向きたい響一からしてみれば、仕事があるのにもったいない。

どうしてやらないんだろう？　と首を傾《かし》げるばかりで、趣味が仕事の響一には理解できない価値観だ。最近は、こういうものだと納得したらしいが、初めはよく戸惑っていた。

「ちぇっ。融通が利かない奴らだな」

「まあまあ、そう言わないで。事あるごとに融通利かせてたら、彼らだって身がもたないよ。高見沢のモットーじゃないけど、ベストな仕事をするためには適度な休養は必要だ」

見かねて中津川が席を立った。

「お前が甘いから、こいつらがつけ上がるんだよ」

「専務は叔父貴と違って、人権って言葉を知ってるだけだよ！」

「なんだと」

今にも小競り合いを始めそうな香山と響也の間に割り込み、まあまあと抑える。

「ほらほら。身内で揉《も》めるなら事務所の外だろう。それより響一くん、響也くん、そろそろ時間じゃないの？」

「あ、やばい」

「急がなきゃ」

中津川の必殺必勝の一言は、どんなときでも誰が相手でも、すべてをご破算にする。

響一と響也は壁にかかった時計を確認するなり、慌ててその場から立ち去った。その後ろ姿だけを見るなら、これから部活にでも行くようだ。

「やれやれ。まだまだ子供だな」

香山は、響一からどさくさにまぎれて押しつけられたグラスを片付けながら、困ったような、それでいて安堵《あんど》したような溜息を漏らした。

「それでも仕事に入るといっぱしですからね、不思議なものですよ。黒服脱いだらただの高校生にしか見えないのに、現場では下手《へた》な大人よりよっぽどしっかりしてますから」

「職務意識ってやつだろうね。社長を含め、みんな本当によく育ってる。先代社長が安心して引退を決めた理由がわかるよ。香山の伝統は脈々と受け継がれてるのが見てわかるんだから」

すかさずフォローに入る高見沢と中津川のコンビネーションのよさに、他の者たちも顔を見合わせ頷き合う。

「だからって、そうそうに会社を俺に任せて、世界のホテルを渡り歩いてるのも、どうかと思うけどな」

「本当。優雅に旅行ならまだしも、行く先々で短期契約の仕事をしてるっていうところがすごいですよね。先代、香山配膳を世界進出させるつもりなのかな?」

事務所の空気は、昔も今も変わらない。

香山が今の響一と同じ頃から人は入れ替わり立ち替わりしているが、不思議なほど同じ空気をつくり出す。

「いや。単にその国々の習慣やマナーを自分の目で確かめたいだけって。郷に入れば郷に従えっていうのもありはありだろうけど、やっぱり身についた習慣っていうのは、そうそう抜けるもんじゃないから。そういう習慣を理解した上で外国からのお客様に接することができたら、日本の印象やサービスもまた違ったものになるからってさ」

それは父親であり、先代社長でもある男の世界観がそのまま受け継がれているのだろうが、それにしたって香山は大したものだ、我が親ながら尊敬するしかないと思っていた。

「毎日取ったデータを欠かさず転送してくるよ。どんなに増えても、ちゃんと頭に入れとけよって。いつか役に立っても、立たなくても、それも香山配膳のサービスに繋がるかもしれないんだからなって」

どれだけサービス精神が旺盛《おうせい》なのか、そして人の笑顔が好きなのか。先代が何かしらアクションを起こすたびに、そのことを実感させられる。

「先代らしいや」

「尊敬します。やっぱり先代は先代のことだけある。すごいや」

「――――なんだ？　鬼のいぬ間にどんな話だ？　表まで筒抜けだぞ、恥ずかしい」

だが、そんなことを思っていると、突然本人が現れた。

「先代！」

「親父⁉　どうしたんだよ、いきなり。アルジェリアにいたんじゃなかったのかよ？」

今日に限って、やけに人が入れ替わり立ち替わり現れる。

だが、さすがに先代社長の登場とあって、座っていた者たちがいっせいに立ち上がった。

香山の世代の社員たちからしてみれば、先代はカリスマを超えた神の域にいるサービスマンだ。

しかも、ときが経てば経つほどダンディで魅力的な紳士になっていく彼に、憧《あこが》れを抱く社員も少なくはない。世代交代をしながらも登録社員が増える一方なのは、やはり先代から離れられない世代の登録者が、今も尚しっかりと残っているからだ。

「竹馬《ちくば》の友からSOSをもらったら、駆けつけないわけにはいかないからな。飛んで帰ってきたんだ」

とはいえ、全員が起立で出迎えた先代は、微妙に顔を引き攣《つ》らせながら、一人の紳士を中に招いた。

「SOS？　あ、青山静汕荘の…」

それは、ここにいる者なら一度や二度は顔を見たことがある男性で、契約先のホテルのオーナーであり、先代の親友でもあった。

「どうも。いつもうちの者がお世話になっております。青山静汕荘の森岡《もりおか》です」

すでに六十代前半の先代と同期の森岡は、別名・青山御殿と呼ばれる老舗の結婚式場のオーナー社長だ。

その彼が悲愴感を漂わせてふかぶかと頭を下げたものだから、つい今しがたまで穏やかだった空気は一変した。この急変の仕方まで昔から代わり映えしないのが、香山にとってはありがたくない伝統だ。

「実は、お前らに折り入って頼みがあるんだ。ゴールデンウィークのラスト、うちのベストメンバー二十人を揃えて静汕荘に送ってほしいんだが…」

「は？　二十人？　しかもベストで？」

先代からの頼みとはいえ、香山の眉間《みけん》にしわが寄った。

場が場でなければ、何言ってんだこの親父…と、口から出てしまいそうだ。

「無理を承知なのはわかってる。だが、ちょっと事情が事情でな。できればどうにかしてほしいんだ。私もできる限りの協力はするから」

息子の顔色を窺《うかが》いつつも、先代社長は両手を合わせて引かない姿勢。

こうなると、どうにかするしかないのが想像できて、中津川は今の香山の最高メンバー二十名というのが、いったいどんなメンバーなのかを思い浮かべてみる。

「――――でも、二十人って。一人や二人ならまだしも…。それに、そんな人数をうちから一ヶ所に送ったことなんて、過去に一度もないだろう？ せいぜい十人までがいいところで…。そうでないと、先方の現場をうちが乗っ取る形になる。先方の個性を損ないかねないからって。これって、親父が決めたルールじゃないのかよ？」

ただ、今回ばかりは香山も二つ返事で「わかった」とは言わなかった。

無茶な調整に対しての反論ではなく、これは事務所のコンセプトを重んじて。しいては尊敬している先代社長の理念を継いでいるからこそ、「ＮＯ」を貫く姿勢だ。

「それは、そうなんだが…」

さすがに先代も言葉を詰まらせた。

中津川や他の者たちも、顔を見合わせ困惑気味だ。

しかし、

「すみません！　お恥ずかしい話です。ただ、今回ばかりはそうでもしていただかないと、乗りきれる自信がなくて…。一日だけ、いえ、一部屋の婚礼一本でいいので、香山一色にしていただきたいんです。どうか、この通り」

空気を読んだ森岡がその場で膝《ひざ》を折ると、香山は驚愕《きようがく》しながらも一つの予感に苦笑する。

「森岡社長」

すでに五月に入って、ゴールデンウィークまっただ中。そのラストにトップ二十人を一同に集めろと言われたところで、全員予定が入っていてバラバラだ。都内どころか近県を含めて散らばることが決まっているのに、いったいどうしろと？

「お願いします！」

それでもこうなると、香山が「わかりました」と言うのは時間の問題だった。

と同時に、香山が「全力を尽くします」と発した瞬間、事務所内の人間がいっせいに動くしかなくなるのも、もはや運命だった。

3

思いがけない依頼が事務所に舞い込んだ翌日のことだった。

香山や中津川が人集めに奮闘していることも知らず、響一は早朝から赤坂プレジデントホテルを訪れていた。

このホテルは数年前に大改築されてリニューアルオープンしていたが、赤坂の地では老舗に入る外資系のホテルだ。

ここにスタッフを派遣してきた関係で、香山がワシントン本社から相談役にと声をかけられた経緯もあり、また香山から正社員に招かれた者もいることから、他の式場やホテルに比べればかなり香山配膳とは縁も深い。

「このたびはご連絡いただきまして、ありがとうございました。本当にすみません。勝手なお願いをしてしまって」

そして、そんな縁があることを承知で本日ここを訪れたのは、圏崎とアルフレッド。

出迎えに当たったのは、二人と同じ年頃の松平将之朗《まつだいらしょうしろう》、現在の赤坂プレジデントホテルを総括する代表取締役社長だ。

「いえいえ。お役に立てて光栄です。ちょうどワシントンのほうから連絡を受けたばかりだったんですよ。とうとう圏崎社長が日本進出に動く。そのためにも香山スタッフの仕事が見たい、知りたいと切望されてるが、何かうちで協力できることがあるようならと。そしたら、たまんま今日の大広間の応援に入っていると小耳に挟んだもので」

「そう言って実行してくださるのはプレジデントさんぐらいなものですよ。本来ならライバル視されて、無視されても不思議じゃないのに。やはりそこは日本進出先駆者、王者の余裕ですかね。まあ、うちとは根本的に経営の規模も母体も違うので、比べようもないのかもしれないですが」

わざわざ連絡してくれた懐《ふところ》の深さもさながら、圏崎は松平が見せる屈託のない笑顔が爽《さわ》やかすぎて恐縮した。

なんせ松平ならわかっているはずだ。ベルベット・グループが日本上陸を果たせば、限られた香山の人間を奪い合うことになる。

すでにリニューアルオープンを境に社員数を削減、いくつかの配膳事務所と契約を結ぶことで宴会課を賄《まかな》っているのだから、いくら個人的に縁が深いとはいえ、香山を欲しがる契約ホテルが増えることは歓迎できないだろう。いろんな意味で対立する可能性があるだけに、この計らいには喜びよりも驚きがあったのだ。たとえワシントン本社の社長と圏崎が友人同士だったとしても、よくそれを松平が受け入れたものだと、連絡を受けたときには裏があるのかと探ってしまったほどだ。

こうして直に笑顔を向けられなければ、この招待が彼の器《うつわ》の大きさによるものなのだと、見落としていたかもしれない。

「――――そうですね、と言えればいいんですけど。正直言ってしまえば、今のホテル業界に風が欲しいんですよ」

だが、松平は圏崎やアルフレッドに笑顔ばかりを向けていたわけではなかった。

「風、ですか」

「はい。不況続きで業績が落ちているのは、どこも大差がないと思います。これはもう、ホテルの規模の問題じゃない。なぜならここ数年、日本では節約をキーワードに家内食がブームになったり、いかにお金を使わずして楽しむか、やり過ごすかということに重きが置かれています」

持っていて当然だろう、経営者としての厳しい一面もしっかりと見せてきた。

「もちろん、それはいいことです。本来あるべき姿なのでしょう。しかし、飲食も宿泊施設もそれでは衰退していくばかりです。まずはお客様に来ていただかなければ、活性化の糸口さえ摑《つか》めません。家の中では味わえない楽しみが外にはあることを知っていただかなければ、業績の回復に繋がりませんから、そのためにもまずはホテルという存在を再認識してほしいと思っていたんです」

ゆっくりとホテル内を誘導しながら、日本の景気について口にする。

どんなにまめに通い、データを集めて理解したつもりでも、こうして経営している松平から聞かされるのは違う。これまでで一番、圏崎は日本の景気の悪さを実感させられた。

「――――が、今の状態では、宣伝広告に多額の資金を投じるのも難しい。それが実情ですから、我々としてはベルベット・グループが日本上陸に乗じて行うだろう、大々的な宣伝効果に期待しているんです。あわよくば便乗してしまおうという下心があるわけですよ。この惜しみない協力には」

その上で松平から真意を聞かされ、再び笑顔を向けられて、返す言葉に困った。

「松平社長…」

「どう思われても結構です。ただ、それほど今の日本の情勢は厳しいということです。個々の争いよりも、まずは一致団結してホテル業界そのものを盛り上げる。そんな姿勢も必要とされる時代だということです」

圏崎の心情を察してか、アルフレッドもどことなく苦い顔つきだ。

『ようは、来るならそうとう覚悟して来い。アメリカで成功したからといって、それが今の日本で通じると思うなよってことか。さすがだな。それを警告するために、自社の手の内まで明かしてくるなんて。大物といおうか、肝が据わっているといおうか――。同世代の男としても負けられない』

それでも、ここで松平から手荒い激励を受けたおかげで、圏崎のやる気もいっそうのものになった。

人が困難だと思う時代にこそ、チャンスは多く潜んでいる。駄目だ、無理だと言っていては、何も始まらない。本当のチャンスはピンチの中にこそあるのだということは、圏崎自身が知っている。倒れかけていたホテルを再生することからすべてが始まった圏崎のホテル人生だけに、変に楽だ、今がチャンスだと謳われるよりは、よほど安心できるというものだ。

「――と、圏崎社長」

が、決意も新たな圏崎の腕を、突然松平が摑んだ。

「はい？」

「彼、香山の子ですよ。響一くんって言ったかな。香山社長の甥子さんで、現香山配膳のトップサービスマンです」

何かと思い立ち止まると、距離を置いた廊下の先には通用口があった。

守衛に向かって一礼した青年が、どうやら圏崎が資料も見ずにスルーした〝花嫁より美しい配膳人〟らしい。

「――――彼が、香山の…？」

一目で香山の身内だとわかる容姿を目にし、圏崎は瞬《まばた》きもせずに見入った。

長身でスラリとしていて美形なのは香山も響一も変わらないが、それに加えて響一にはフレッシュな印象があった。男としても仕事人としても完成された香山からは見ることができない、未熟さゆえの魅力だ。

これから叔父のように熟れていくのだろうという期待は、胸の鼓動さえ速くする。

『甥の、香山響一か――――』

圏崎は、背後でアルフレッドが口角を上げたことにも気づかないまま、響一の姿を目で追い続けた。

だが、圏崎がそうしている間にも、響一は通路の先へと歩いていく。

「では、お言葉に甘えて、拝見させてもらいます」

香山配膳の実力を確認するなら、響一の仕事を見るのが一番手っ取り早い。

「くれぐれも見つからないようにしてくださいね。今日は忙しいですから」

「もちろん。邪魔にならないようにします」

今日という日に、香山から何名来るのかはわからないが、圏崎はとりあえず響一を追うことにした。彼を見ていれば、知りたいことはおのずとわかる。それだけは間違いないだろうと確信して。

「いえ、見つかったら余計な仕事が増えますから。そこだけは気をつけて」

「は…い？」

ただ、返事はしたものの、松平が笑顔で残した忠告だけは、いまいちよくわかっていなかった。

現場で働く彼らの邪魔にだけはならないよう、もしくは素性がばれないようにと釘《くぎ》を刺されたと考える以外、気をつけるべきことが思いつかなくて…。


一方、そんな監視の目があるなど思いもよらない響一は――――。

「響一、おはよう！」

「あ、おはようございます。千葉《ちば》さん」

通用口から中へ入ると、最初にホテル内に設けられた配膳事務所の一室に向かっていたところで、他社の当日派遣員《スポット》から声をかけられた。

「あれ、今日はマンデリンじゃなかったのか？　確かこの前会ったときに、パーティーがなんたらで楽しみとか言ってなかったっけ？」

「そのはずだったんですけどね。急遽《きゅうきょ》こっちに呼ばれたんですよ、中尾さんから直々に。なんでも今日の大広間、のっけから来賓三百人の三十卓で洋食披露宴がダブルなんですって？　挙げ句に事務所が三社合同で、常備がピリピリしてるって聞きましたけど、本当ですか？」

相手は大学四年生。この赤坂プレジデントをメインにして、週末と祝日のみ訪れる配膳人だが、この仕事は今だけというアルバイターだ。本業にする気は今のところないらしい。

だが、配膳派遣業界の実情からいえば、千葉のようにバイトかもしくは副業として勤めている者が大半だ。

香山配膳のように全員が本業でプロしかいないのが異色なのであって、それ以外の事務所は千葉のようなバイトで賄っているのが通常だ。

一つのホテルに常備として社員同様出勤できるのは極わずかな者たちだけで、ホテル側も人手が欲しいときだけ派遣を求めるのが常なので、プロに徹した派遣配膳人が増えないのは、やはり仕事量が限られているからに他ならない。

「あははは。さすが響一、情報通だな。そうそう。もう、昨夜のスタンバイから揉めちゃって揉めちゃって大変なんだよ。未だに各社の歩み寄りがないもんだから、段取り悪くて」

とはいえ、ホテルや式場に訪れる来客にとっては、バイトも社員も関係ない。区別もない。

同じ制服を着ている限り、同じ意識で接するのが当然だろうというのが、響一をはじめとする香山配膳に集う者の考え方だ。

「そりゃ、きついですね。せめて常備だけでも、仲よくやってくれればいいのに」

それが、事務所の人間がこれでは、どうにもならない。

こんなこと、笑って話す内容じゃないと思うのだが、溜息しか出てこない。

「―――だよな。なんにしても、ドンデン（次のパーティーの準備）が一番問題だな。今日はどこの部屋もいっぱいで、人間も時間もギリギリなんだ。大広間なんか響一入れても三十五人ぐらいしかいないんじゃないかな？　コンパニオンもなしって話だし」

「確実に一人一卓ですか。サービスもドンデンも…。でも、あれでしょ？　それなら昨日今日は入った子なんかはいないだろうから、手慣れたメンバーでいけばどうにか…」

響一は、嫌な予感に駆られながらも、一応確認で聞いてみる。常備でないにしても、ここに三年は通っている千葉なら状況に詳しい。

「サービスしたことがない子が一人に、今日が初めての子が一人いるって聞いたけど。それで中尾さんも香山にSOS出したんじゃないか？　一応保険ってことで」

だが、嫌な予感ほどよく当たる。さすがに響一も、溜息だけではすまなくなった。

「大広間の担当常備って、どこの事務所の人でしたっけ？」

窺うように訊《たず》ねる響一の目から、完全に笑いが消えた。

「うちの大森《おおもり》事務所だけど…、って！　怒るなよ。どこへ行くんだ、響一。響一！」

それだけ聞けばOKとばかりに身を翻すと、響一は事務所のある部屋へと足早に向かった。

「これが怒らずにいられますか！　そもそも事務所は人手の調達が仕事でしょう」

「いや、だから、うちも他も手いっぱいだったんだよ。ほら、シーズン中だし」

「だとして、事実上三十卓三十三人で何しろっていうんですか！　裏にだって最低二人はいるんですよ。高砂《たかさご》にだって一人取られるし、それでちょうどピッタリとでも言いたいんですか？」

こうなると、どんなに千葉が「それは自分も皆も怒ったよ」と言ったところで、聞いてはくれない。

「――――あ。その…。どうせだから今のうちにバラしちゃおうかな～。洋食サービスが初めての子もいるらしいぞ。二人ほど」

「殺すっ！」

むしろ、自分たちの分も抗議してもらおうと開き直ったのか、更に内情を暴露し、完全に響一を攻撃モードにした。

「あ…。やっぱり…。そうだよな。そうなるよな～。普通怒るよな」

「当たり前でしょう。なんだと思ってるんですよ、人様の結婚式を。しかも、時間制限がある宴会を！」

彼らと距離を置きながらも様子を見続けている圏崎とアルフレッドは、聞こえてくる会話に啞《あ》然《ぜん》としてか、時折顔を見合わせながら、「信じられない」と相槌《あいづち》を打ち合う。

『――――プレジデントでこれか』

歴史も品格もあるホテルの裏、それも日常だろう光景を目の当たりにすると、圏崎は日本上陸の問題は景気じゃない、むしろ、こんな状況に慣らされているホテルが少なくないと思われるほうが大問題なのだという気がした。

「あ、響一くんだ」

「来てくれたんだ。ラッキー」

圏崎が眉を顰めていると、事務所に向かう響一の姿を見つけたスポットたちが、次々と声をかけた。

「きっと中尾さんが呼んだんだな。で、どうしたんだよ、千葉。彼、どこ行くんだよ」

同じ事務所の仲間に引き止められて、千葉だけがその場に残される。

響一は、その間に事務所が置かれた一室に飛び込み、すでに姿を消している。

「今日の大広間の件で、事務室に殴り込み。メンバーの内容を言ったら、キレちゃってさ」

「そりゃ、キレたくもなるだろう。ってか、誰かがまともに怒ってくれなきゃ、俺たちだってやってらんないって。きつい以前に、サービスが行き届かないんだから」

「――――でも、こればっかりはな。揉めたところで今更人間の数は増えないと思うけど」

部屋の外で待機するしかなくなった千葉たちは、果たして響一がどんな交渉を事務所にしてくれるのか、また、どんな香山マジックを披露してくれるのか、期待半分、諦め半分といった様子で立ちつくしている。

「仕方ないだろう。だから君にも来てもらったんじゃないか」

すると、プレジデントに常備勤務している大森配膳の部長の声が漏れてきた。

「俺を呼んだのは社員の中尾さんであって、ここの事務所じゃないでしょう。社員に直接手配させてどうするんですか」

よほど興奮しているのか、響一の声も廊下まで筒抜けだ。

「これでも最善は尽くしたんだよ。こっちだって今日は事務の人間までサービスに回してるし、私だってこれから現場に出る。他の二社だって同じだ。でも、それでもいないもんはいないんだよ。忙しいのはここだけじゃなくて、他の式場やホテルも一緒なんだから、どうにもならないだろう、シーズン中だし」

廊下に残された千葉たちは、固唾《かたず》を呑んで聞き耳を立てているが、それは圏崎とアルフレッドも同じだ。

普段なら誰が見ても目立つだろう二人だが、この場はそれに気づかないほど、みんながみんな室内の会話に意識を持っていかれている。

次々に通りすがりの者たちから、事務所に用があって来た者たちまで、部屋の前に立ち止まっては、漏れてくる会話を聞き取ろうと必死だ。

「……じゃあ、せめて他の部屋の人間とトレードはできないんですか？　和食や中華ならともかく、こっちは洋食のフルコースですよ。持ち回りでこの人数じゃ、余裕なさすぎですよ」

だが、こうまでして響一が食い下がるのには、わけがあった。

それは先ほどから問題視されている、披露宴で出される食事の内容だ。

和食であれば、全メニューが皿盛りされているので、基本的にはそれを出して、空になった皿を下げればいい。そのとき粗相がないよう注意をすれば、初心者でもできないことはない。

仕事的にはウエーターやウエートレスと大差がないし、あとは披露宴ならではの気遣いを形にするだけだ。

そして、中華の場合も和食に近いものがあり、客の前で行うプレゼンテーションがあるとすれば、北京《ペキン》ダックなどの巻き物だ。もしくは大皿盛りのメニューを人数分に取り分けるぐらいだが、肝心な大皿も取り分け皿もテーブル上に置くことができるので、まだ初めての人間でも見《み》真似《まね》でできないことはない。場合によっては一つか二つ取り分けたら、あとはご自由にどうぞで客任せという手もある。

だが、持ち回りというサービスがある洋食に関しては、多少なりとも研修を必要とした。

全メニューが皿盛りされているようなコースでない限り、最低でもスープとメインディッシュの肉料理を自ら持って、客の一人一人に配るというサービスがあるからだ。

スープならば、容器と中身で一回に持つ重さは四キロ前後はある。

メインディッシュの肉料理ならば、保温されたトレイの上に並べられた人数分のステーキに付け合わせが二週類から三種類、場合によってはソースまでのっており、こちらも大概は五キロ前後と、それなりの重量だ。

それでもスープだけなら注《つ》ぎ分けていけばいいし、間違っても器の外に零《こぼ》さない努力と、客への接触に最善の注意を払えばいい。

が、ステーキと付け合わせのサービスは、そうはいかない。

料理が盛られた大きなプレートを左手に構え、右手にはサーバーと呼ばれる大きなフォークとスプーンの二本セットを持って、客の目の前で皿の上に盛りつけをしていかなければならない。

しかも、サーバーにはヨーロピアンスタイルとアメリカンスタイルという持ち方まであり、ホテルによってはこれも統一を求められる。

いずれにしても慣れればさほど苦ではないが、慣れるまでは大変だ。慣れたところで得手不得手が皿の上に漠然と表れてしまうこともあって、だからこそここは研修期間が不可欠なのだ。

「残念ながら、今日は〝洋食〟と〝洋食メインの折衷〟コースが多くてね。回せるものなら回したいし、取り替えたいのは山々だけど。まさか、まるっきりの素人部屋をつくるわけにもいかないだろう?」

それなのに、響一が送り込まれた本日の大部屋には、そんな研修があることさえ知らない初心者が交ざっている。

人数に余裕さえあれば、それでも別に構わない。

初めはドリンクと灰皿だけを任せて、仕事をしながら教えることもできる。

卓持ちのお伴というポジションを与えて、まずは簡単なことから手伝わせ、見せて学習させるという方法が取れるからだ。

だが、今日の人数はそれ以前の問題だ。行き届いたサービスを提供するなら一人一卓、そして二卓に一人のお伴が理想だろうに、そもそも一人一卓もいない。どう頑張ってみたところで、一卓十人のテーブルを一人で二卓受け持つことは、できるできない以前に、やりたくない内容だ。

どんなに響一が優秀なサービスマンであったとしても、披露宴は決められた時間内に料理をすべて出し、そして食べ終えてもらわなければならないというルールがある。

時間にさほど制限のないレストランでのサービスとは、ここが違う。

そんなルールの中で、一人で二十人をさばくのはただの無謀だ。

サービスもなにもあったものではない。

わかりきったことだけに、響一はどうしたものかと考える。

「そうですか。わかりました。なら納得します。これが最善の結果なら仕方ないので」

仕方がないではすまないが、そうとしか言いようもない。

「そう言ってもらえると助かるよ。こういう言い方はなんだけど、君が来てくれただけでも、我々にとっては希望の光が射《さ》してきた気分だ。それぐらい、今日はお手上げだったから」

「そう言ってもらえるのは光栄ですけど。だからって、上手くいかなくても俺の責任にしないでくださいよ。俺はあくまでもヘルプですからね。今日はへ・ル・プ」

こればかりは、頼られ、煽《おだ》てられたところで、どうにもできない。響一は会話の傍ら、頭の中で大広間のシミュレーションをし続けた。

『それにしたって二卓がまったくの素人じゃ、きついって。三十卓ってことは、できる人間ほど裏から遠い場所になるわけだし。できる奴全員が、他人のフォローまでできるわけでもないよな？　そしたら、せめてAクラスの奴で一人一卓半ずつ？　いや、それだって一卓十人じゃ際どいだけだ。時間との勝負だし、ミスしたらアウト。かといって、新人を裏に回したら収拾がつかなくなるだけだし…。中尾さん、なんか手立て用意してんのかな？』

どんなに考えたところで、身体は一つ。物理的に無理だった。

『いっそ、俺が三卓見て、二人をお供？　いや、絶対に無理だ。せめてあと一人か二人、しっかり他人の面倒まで見られるレベルのスポットがいれば別だろうけど――』

途方に暮れるしか術《すべ》がない。

しかも、そんなときに限って、常備の一人が慌てて部屋に飛び込んできた。

「たっ、大変です。大広間のスポット、今日三欠です！　しかもキャリア二年組」

「……は、三欠？」

ドアも閉めないものだから、表の千葉たちにも筒抜けだ。

一方的に悪化していく状況に、誰もが失笑するばかりで手立てがない。

「え!?　ってことは、全部で三十二人になって、高砂が一人に裏二人。この段階で一人足りないのに、サービスしたことがないのが三人？　四卓部のフォローがいるのかよ？」

「確実に人のフォローまでできるメンバーなんて、今日の大広間にはいないよな？」

「ここまでひどいのも珍しいけど――いないわ」

騒ぐ千葉たちをよそに、響一はただただ言葉を失くしていた。

『当日にドタキャンって――。これだからバイト感覚はっていう以前に、舐《な》められすぎだろう大森配膳!!』

しかもこうなると、圏崎たちにとっても、響一の仕事ぶりを見る以前の問題だ。

二人は目を合わせるたびに項垂れていく。せめている者すべてが響一ほど、もしくはそれに近いだけの仕事ができるというなら希望の光も見えるだろうが、決してそうでないだろうことも見てわかるので、圏崎も一度深呼吸をすると腹をくくった。

意を決したように前へ出た。

「社長っ」

まさかと思い、アルフレッドが引き止める。

「見て見ぬふりはできないだろう？」

そういう問題ではないと言いたいところだが、圏崎の目は明らかに「お前も手伝うんだよ」と訴えている。

こうなったらあとへは引かないのが圏崎だ。どんなにアルフレッドが「サーバーも持ったことがないようなスタッフと同じ現場に立つなどあり得ない」と言ったところで、掴んだ腕を掴み返され、現場に引きずっていかれるだけだろう。

「あ、そうだ。いる。いるわ、もう一人か二人」

だが、心の底から「勘弁してほしい」とぼやいたアルフレッドを救ったのは、鶴《つる》の一声ならぬ響一の一声だった。

「響一くん？」

「すみません。あとでうちの事務所と調整してください。これから呼びますから」

響一は、誰もが視線を向ける中で携帯電話を取り出すと、思い当たる人間に電話をする。

「あ、高さん。俺、響一。確か今日休みだったよね？　今すぐ来てよ」

繋がるや否や、用件だけを突きつける。

どうやら相手は、昨日事務所で本日休みを豪語していた高見沢。

〝は？〟

突然の要請に戸惑う声が携帯電話から漏れてくる。

「赤坂プレジデント。人がいない上に、三欠で途方に暮れてるんだ。悪いけどよろしく」

〝ちょっ、無理だって。俺はこれから響也と映画…〟

「え？　ってことは響也も一緒？　超ラッキーじゃん。今すぐ二人でよろしく！　絶対だよ！　大広間だから、間違えないでね！」

それでも響一は、二人揃って休日を満喫していただろう高見沢と響也に、反論の余地もない勢いで話し終えると、通話を切った。

その後はしっかりと電源まで落とした。こうなると、来ないわけにはいかないのが高見沢と響也だ。こんなことなら携帯電話の電源を切っておけばよかった、映画館の中に入る前に、すでに入口まで来た段階で切っておくか、もしくは家に置いてくるべきだったと後悔したところで、あとの祭りだ。

「これでどうにかなる」

響一は、ホッとすると胸を撫《な》で下ろした。

「……響一くん。今のは」

「はい。うちの高見沢と響也です。今日非番なのを思い出したんで、呼びました。多分これでどうにかなると思います」

所長や千葉たちの顔にも、驚きと喜びの笑みが浮かぶ。

「う、うっそーっ！　ってことは、大広間に香山のナンバーワンからスリーまでがセットで揃うのかよ。そんな豪勢なの初めて見るぞ」

「俺だって！　どんなに揃ってるっても、一施設に二人だ。同じ部屋に二人だって見たことないのに、三人一緒なんて夢だろう？」

外野に至っては、祭りは祭りでも本格的なお祭り騒ぎの状態で、つい今しがたまでやる気さえ損なわれていたのが嘘のようだ。

「…きょっ…響一くん…。本当に、来るのかね？　あと二人も、香山から」

「はい。ご面倒かけますけど、タイムカードもろもろの手配をお願いします。じゃあ、着替えて現場に入りますから、俺のタイムカードもお願いしますね」

しかも、人材の目途《めど》さえ立てば、ここに用はない。響一は満面の笑みで一礼すると、その場で制服の上着だけを借りて、着替えのために立ち去った。

そのまま更衣室へ向かい、自前のワイシャツに黒の蝶ネクタイ、黒ズボンにカマーバンド、あとは借りた制服の上着を着込んでから大広間へ移動する。

ホテルや式場の場合、女性用の制服は個性も強いのでフルセットでの貸し出しが多いが、男性に関しては基本スタイルにオリジナルデザインの上着を着用するところが大半だ。なので、たとえバイトであっても男性に限っては、初めに小物を一揃えすることになる。

ただ、響一の場合、普段なら幹部クラスの社員同様黒服での仕事が主だが、今日は千葉たちと同じ立場で勤めるので、デザインジャケット着用だ。

丈が短くウエストが絞られた深紅のジャケットは、そうでなくても目立つ響一のルックスを何倍もクローズアップし、周囲の者たちの視線を誘う。漆黒のフォーマルもグッと見栄えをよくするが、プレジデントの制服はまた違った魅力で響一自身を引き立てていた。

「どうにか、収まりがついたみたいですね」

普段着以上に大人びて見える響一を追いながら、アルフレッドは本気で安堵した。

「だな」

圏崎は腹をくくった分、出鼻をくじかれたような顔をしていたが、アルフレッドにしてみればお忍びで来ていることを忘れてほしくはない。自身を安売りしてほしくないのだ。

アルバイトの底辺からトップまでに上り詰めた圏崎は、自社でも今日のようなことをよく実践する。

だからこそ社員も奮起するし、それはそれで決して悪いことではない。が、それでも場所と状況はわきまえてほしい。誰になんと言われても、当日キャンセルするような無責任なスポットの代わりに、また、それを阻止できないような事務所の尻拭《しりぬぐ》いで、自社の社長を動かしたくはない。

圏崎自身がどう思っているのかは別として、彼の仕事と人となりに惹《ひ》かれて仕事を変えたアルフレッドにしてみれば、圏崎はどこまでも我が主《あるじ》だ。ベルベット・グループの象徴だ。

親しみやすい存在である以上に、今はまだ成功者としての威厳を優先したい。人は強い者に惹かれ、ついていく。圏崎にはもう十分な優しさと献身的な精神が備わっているのだから、これ以上は甘さに繋がりかねない。

「とりあえず、急な人材の確保に関しては、下手な事務所より彼のほうが確かだということはわかりましたから、ここからは実践で見せていただきましょう」

アルフレッドは圏崎の背を押すと、再び響一の仕事を、そしてこれから来るであろう他のメンバーの仕事を見るために、大広間の裏へと移動した。

相手に見つからないように様子を窺うのは一苦労だが、その甲斐《かい》あっていいものが見られそうだ。今後の我が社のためになりそうだと、心の底からほくそ笑んで――。

＊＊＊

赤坂プレジデントホテルの売りの一つでもある大広間では、すでに担当者たちによって準備が始められていた。

新郎新婦が着席するひな壇――高砂と呼ばれる席――を上座に、場内にはバランスよく三十卓の丸テーブルが余裕を持って並べられている。

そして、この部屋で行われる披露宴は、十一時スタートと十五時スタート。一組にかかる時間としては大体二時間半以内、次への準備にかかるドンデン作業に一時間半が取られている。

だが、このドンデンにかかる時間が、思わぬところで縮められるのが問題だ。

ホテルや式場での結婚披露宴の場合、そうでなくとも結婚式そのものから分刻みで何組ものカップルがこなされていくので、どこでどう時間が狂ってくるか誰にも予想ができない。

特に披露宴など、祝辞を述べる仲人から主賓たちが軽く持ち時間をオーバー、余興が盛り上がりすぎてまたオーバーと終了時間が押されることを前提にしてもまだ足りないというケースが多々あるので、それはスタッフたちも致し方ないこととして覚悟しているほどだ。

『一発目を時間内に収めないと、人数ギリだし…、どう転んでもきついよな』

とはいえ、どんなに覚悟したところで、時間との戦いになればなるほど、スタッフ一人一人の手腕が問われる。それは披露宴中のサービスだけではなく、ドンデンでも同様だ。

『――――わ〜。本当にキャリアの少ないスポットばっかりだ。先が思いやられるな』

二人を呼んでよかった。それでも不安が残るぐらいの顔ぶれだが、いるといないでは大違いだと、響一も今更実感中だ。

「あ、お響！　来たか。来てくれたか！」

ざっと大広間を見渡していた響一に、声がかかった。

姿を見つけるなり駆け寄ってきたのは、響一を呼んだここの社員、中尾だった。

大広間の部屋持ち社員、宴会課の幹部として着込んだ黒服が似合う、大柄で爽やかな印象のある香山と同じ年頃の男性だ。

「あ、おはようございます。中尾さん」

「マジ、待ってたよ〜。ごめんな、こんな切羽詰まって呼び出して。なるべく社長にも泣きつきたくないんだけど、さすがに心細くなってさ」

「そりゃ、この状況じゃあね。しかも当日三欠なんて、あり得ないよ。いろんな意味で舐められてるんじゃないですか？　事務所もここも」

「だよな…。もぉ、香山に帰りたいよ。やっぱ、香山がいいよ。香山が」

昔から人懐っこい中尾は、いつでもどこでもこの調子だった。

たとえ高校生相手であっても、愚痴った挙げ句に肩も落とす。そこまで言っていいのかということまで言ってしまうが、これは彼の開けっ広げな性格によるものだ。

香山と馬が合うのも、この嘘のない性格ゆえで、響一も彼に頼まれると嫌と言えず、未だに断る術が見つけられない状態だ。

「何、言ってるんですか。社長から直々に頭下げられて、ヘッドハントされたのに。それに、けっこう高給契約だったって噂《うわさ》、聞いてますすよ」

ただ、こんな身内話も二人にとっては、仕事のついで。響一はさり気なく今日の進行表を見せてもらうと、まずは一発目の料理のメニューや披露宴の流れ、出される飲み物の種類などを確認しながらすべてを頭に叩《たた》き込んでいった。

「そりゃそうなんだけど。こう、わけのわからねぇことされると、ハゲそうでさ。もはや、金の問題じゃねぇよ。価値観の問題だよ、価値観の。平気で当日にバックレる奴とか、信じらんねぇもん」

「まぁ…、ね。でも、言ったところで始まらないから、とにかく今日を無事に終わらせましょうよ。あ、事後承諾で申し訳ないけど、高さんと響也も呼び出したから」

細かな予定が書かれたB４判のプリントが中尾の手に戻されたときには、隅から隅まで記憶ずみだ。

そして、これは本来なら社員と派遣の中でも常備で来ている者しか見られないプリントだけに、周りのスポットたちは、このやり取りを見るだけで響一が特別なのだと認識していく。

たとえ顔や名前に覚えがなくても、また制服が自分たちと同じでも、そもそも自分とはランクが違うのだと理解する。

「何、高見沢と響也も呼んでくれたのか」

めっきり見通しの暗くなっていたところに、光が射した。そんな表情の中尾に、響一は「このお礼は高いですよ。俺、肉食べたいな～」と笑った。

「奢《おご》る、奢る！　もー、焼肉でもステーキでもなんでも奢らせていただきます！　だから響一は頼りになるんだよ～。やっぱTFトップは違うよな」

「――――必ずオプションがついてくる？　あ、もしかして俺を指名したのって、それ狙《ねら》ってたんでしょう。いざとなったら、絶対に誰か呼びつけるって」

「はははは。ちょっとだけな。なんせ、香山でこれができるのは、現役トップだけだからさ～。とにかく言う俺も、よくやられたんだ。社長がトップのときは」

「叔父貴も容赦ないからね。なんにしても、打ち上げは焼肉って決まったからには、さっさと片付けちゃおう。俺、各社の常備に挨拶してくるから。ね！」

そして部屋を預かる中尾との個人的なミーティングをすませてしまうと、響一は他の社員や他社の常備すべてに挨拶に回っていく。

響一が声をかけた相手は、次々と笑顔になり、ちょっとした会話の語尾やトーンまで上がって機嫌が良くなるのが見てわかる。

「すごいな。香山パワーは健在だな。さっきまでのギスギスが嘘みたいだ。社員や常備は満面の笑みだし、スポットたちも覇気が出てきた。あれでここの社員でも常備でもないんなんて、信じられないよ」

「香山マジックと言われる所以《ゆえん》だろうな。技術もさることながら、ムードメイクが抜群だよ。昨日までは敵前逃亡したいぐらいの内容だったのに、なんか楽しめそうな気がしてきた」

「────ん。それに、滅多にお目にかかれない香山ＴＦが三人も揃うんだ。どんなサービスを見せてくれるのか、それが一番楽しみだしな」

様子を窺っていた千葉たちは、響一の影響力を改めて実感すると、「自分たちもできる限りのことをしよう」「頑張ろう」と声をかけ合い、それはいつしか大広間全体に、やる気と活気を広げていった。

「お待たせ～」

「ギリ、セーフ？」

そうしてすべてのセッティングが終わる頃、呼びつけられた高見沢と響也が現場に駆けつけた。

「うんうん。セーフ。間に合ってよかった」

山ほど文句も言いたいだろうか、見るからに安堵した響一を見ると何も言えない。

職場に入ってしまえば、二人も仕事に徹するまでだ。

「お、高見沢。響也。二人ともありがとうな。んじゃ、全員揃ったところで、ミーティングを始めるぞ」

「はい！」

そうして中尾の号令で全員が集まり、まずは一発目の披露宴の流れを説明された。

現在、大広間の来客たちは控室やホールで待機して、部屋の扉が開くのを今か今かと心待ちにしてる。そんな来賓を部屋に招くことから披露宴は始まるのだが、その合図がこれだ。

「――――では、ミーティングを終わります。くれぐれも粗相のないよう、お願いします。では、迎賓!!」

響一をはじめとするサービスマンが、裏からいっせいに場内へと入り、自分が任されたテーブルの脇につく。

それを確認したドアの担当者、大概は一番出入り口に近いテーブル担当の者が扉を開く。

すると、場内には表にいた社員によって誘導されてきた来賓が、続々と入ってくる。

「いらっしゃいませ」

響一たちは、できる限り椅子《いす》を引いて来客を着席させる。

ここからすべての宴が終わり、再び席から立たせて送り出すところまでが約二時間半――――。

彼らが気を抜けるのは、場内の照明が落ちると同時にスタッフが裏に待機となるキャンドルサービスの間だけだ。それ以外は新郎新婦入場から始まり、ケーキ入刀。乾杯用のシャンパンサービスから洋食のフルコースのサービス。分刻みで前菜を出し、スープを注いで回り、白ワインを注いでから魚料理、ソルベと続いて前半が終了。キャンドルサービスを挟んで、後半は赤ワインをグラスに注ぐことから再開され、メインの肉料理とサラダ、フルーツにアイスクリーム、コーヒーとプチフールまでをまききって、ようやく食事に関するサービスが終わる。

だが、その間さえ、メインのゴブレットグラスを空にすることは許されないし、灰皿が汚れれば取り替える。

しかも、響一が初心者を危惧《きぐ》した披露宴の大変さは、レストランとは違って来客の食事ペースのコントロールさえ、テーブル担当者が誘導していく必要があるということだ。

どこまでも決められた時間内に終わらせる。出される料理の進行に合わせて食べてもらい、一品一品をクリアしていかなければ料理がつかえたり、進まなくなったり、自分のテーブルだけが遅れを取ってしまうのだ。

その上、テーブル上にスペースの余裕がなくなれば、次の料理のために残っている料理の皿を下げるか、その来賓のみを置き去りにしていくかしかなくなるのだが、これは最も避けたいところだ。

あとになって「そういえばたいして食べられなかった」「食べるつもりが下げられた」という苦情は、一番多いパターンだからだ。

それだけに、披露宴のサービスに関しては、持ち回りの技術もさることながら接客術でも実力に差が出てしまう。

テーブルについたサービスマンの対応次第で、どんな状況になっても来賓の機嫌を損ねることなく、むしろ自分の仕事の進行に協力的になるように仕向けることもできるから――

「お料理が次々とまいりますので、できる限りお召し上がりくださいね。せっかくのお祝いのお料理ですから、新郎新婦のためにも」

それを熟知しているだけに、さり気なく社員のふりをして場内に潜入した圏崎たちは、響一のこんなときの対応も見ていた。

響一は食事に手をつけていない来客に話しかけていた。

「それが…ね」

「お箸《はし》のご用意もありますが、お使いになりますか？」

響一はオードブルを出したあとの進み具合から、何人かの来客に割り箸を差し出した。

場内にはお年寄りや子供も多くいる。それを踏まえた上で、テーブルセットに関係のない品の準備は、個人の判断だ。

「……いいのかしら？　恥ずかしくないかしらね」

響一から向けられた笑顔と箸に、緊張気味だった老女の顔がほころぶ。

「気になさらないでください。美味《おい》しく召し上がっていただくことが、一番大切ですから。あと、もしもこちらでは食べきれそうにないなと思うお料理などがございましたら、折りをお持ちしますので、遠慮なさらずにおっしゃってください」

「え？　そうなの？　それって持って帰っていいってこと？」

「もちろんです。ご自宅でゆっくり召し上がりながら、今日のお話に花を咲かせるのも一つの楽しみかと思いますよ。それに、お料理は持ち帰れますが、素敵なシャッターチャンスや楽しいお話はこの場限りですからね。ぜひ、ご利用ください」

「ありがとう。そう言ってもらえると助かるわ。じゃ、今のうちに折りをお願いしようかしら。実は小食なもので、どうしようかと思ってたの。残すなんて罰が当たるし…」

「かしこまりました。では、ただ今お持ちします」

そんなやり取りを見ていた他の来客からも自然と声がかかる。

「あ、それなら俺にも頼むよ。カメラ回さなきゃいけなくて、食べてる暇がないんだ」

「私にも。せっかくだから、残すぐらいなら持って帰りたいわ」

――――こうなれば、たとえ一人で一卓半、二卓見ることになっても、それほど大変ではなくなる。

出した料理がある程度の速さで皿からなくなってくれさえすれば、テーブル上は常にスッキリと片付けられるし、次の料理も出しやすい。すべてにおいて手際のよい響一ならば、千葉が一卓回るうちに二卓は回れる。楽勝である。

「何かにつけて上手いな、彼は」

圏崎は、思わず感心の声を漏らした。

「ええ。持ち回りが速いのは当然として、お客様一人一人を見極めるのも速いですね」

やはり、レストランサービスとは違う。アルフレッドも小さく頷き、響一の仕事ぶりに満足そうな笑みを浮かべている。

「ん。折り詰めへの誘導も無理がない。声をかけられたお客さまを通じて、テーブル全体が食べきれないものを詰め始めている。早く、無駄なく空いた皿を下げられるのは、お互い気持ちがいいものだし、あとあと苦情も出ないしな」

「――――やはり、通常のパーティー以上に、彼らの仕事は披露宴のほうが発揮されるようですね。あとは、どれぐらいのコース料理までなら、これと同じようにこなせるのかが気になりますが」

しかし、それでも圏崎とは違う視点で観察し続けるアルフレッドは、貪欲《どんよく》なまでに響一たちの実力のすべてを知りたがった。

「プレゼンテーションのレベルか」

「はい」

限られた時間内、制約の多い中で、いったいどこまで何ができるのかが知りたいと――――。

『レベルによっては宴会の売り、ホテルの売りもまた変わってくる。こうなると、とことんまで見てみたい。香山配膳の実力とやらを』

そうして二時間半の予定は三時間を軽く超して、一発目が終了した。

「お疲れさん！　じゃあ二発目のドンデン行くぞ。時間が押してるからな！　手早く、粗相のないように!」

「はい!」

想定はしていても、三十分以上の押しはやはりきつい。声を荒らげた中尾自身にも、焦りの色が見える。

今日初めて来たスポットたちでは、手際よく片付けることも、テーブルセットもままならない。フロア内も裏の造りもまるでわかっていないとなると、洗い場とホールを行き来させることさえ一言ではすまないので、かえって説明する時間が惜しい。

結局使い終えた灰皿の洗浄を頼むぐらいしか思いつかずに、笑顔がこわばる。

「あ、そこの社員さんたち、すみませんが少しでいいので手伝っていってください」

そんな中尾の苛立《いらだ》ちを察してか、響一が声を発した。

「え!?」

ドンデンになって油断した。声をかけられたのは、出入り口付近で立ち話をしていた圏崎とアルフレッドだった。

「できれば一人一卓、セットお願いします。金と銀の主賓席。九人ずつで。本当にすみません。お願いしますね」

響一は、二人をプレジデントの社員だと信じて疑っていなかった。

圏崎だけならわからないが、アルフレッドが同伴していたことで、逆に確信したのだろう。きっとワシントン本社から視察にでも来た社員を案内していたのだろうと――――。

「見つからないようにって、このことだったんですね」

二人は、この場になってようやく松平が笑って残した言葉の意味を理解した。

きっと同じ調子で、松平も響一に使われたことがあるのだろう。

「そうみたいだな。でも、仕方ない。見学させてもらったお礼に、これぐらいは手伝っていこう」

「はい」

だが、できる相手と信じて主賓席を任されてしまった手前、ここはアルフレッドも圏崎に従うしかなかった。

二人はスーツの上着を脱ぐと、傍にあった椅子の背にかけた。

きちんと留められていた両袖《りようそで》のカフスを外し、シャツの袖をまくると、まずは片付けられて真っさらな状態になっている円卓の上に配られたテーブルクロスから手に取った。

「よし！」

気合いを入れるように声を発すると、圏崎は大きく広げたクロスをテーブル上に滑らせ、ふわりとかけた。

これぐらいのことなら新人でもと思うが、テーブルクロスにはクリーニング後にたたまれてついた折り目が残っているため、それに従いかける方向が決まっている。クロス一つをとってもルールがあり、決して適当ではない。

『いきなり図々《ずうずう》しすぎたかな。あとで中尾さんにフォローしてもら……――えっ⁉』

ただ、そんなクロス一枚をかける姿に、響一は思わず目を凝らした。

主賓席の目の前の高砂のセッティングをしていた響一は、圏崎がたった一度で、しかも左右前後をピタリと合わせてクロスをかけたことに、自然と目を奪われたのだ。

『微調整もなし？』

しかも、その後はもっと目が離せなくなった。

洋食は、最初に基本の位置を決めるために着席数分の飾り皿からセットしていくのだが、これも圏崎は皿を片手にテーブルをぐるりと一周、ササッと並べて終わらせてしまった。

『――――すげえ、あの人。クロスや皿まきに寸分の狂いもない。丸卓奇数のセッティングなのに、全体を見て微調整なんてこともしないし…。正確でなんて速いセットなんだろう』

数えきれないほど見てきた光景だからこそ、響一はただただ感動していた。

響一の周りにはトップクラスのサービスマンたちがいる。世界に出ても恥ずかしくない仕事を極めた男たちが驚くほど揃っている。

だが、それでもこんなに高揚したのは初めてだったのだ。

『グラスも何も、まるで定規で測ったみたいに全席均等にセットしていく。慣れもあるだろうけど、まったく微調整を必要としないセットなんて、初めて見たかもしれない』

圏崎の姿を、仕事を見ていると、響一はまるで魔法か作られたアニメのようだと思った。

もちろん、これは響一が最高峰にいるサービスマンたちがどんな仕事をするのか理解しているからこその感動だ。

他人が同じように感動するかといえば、きっとそうではない。

おそらく千葉辺りなら「響一だってすごいよ」と言って笑うだろうし、高見沢や中尾辺りでも、「ふーん」「へー」と感心はしても、感動まではしないだろう。

なぜなら彼らにとっては、すでに香山や響一がその感動を実感させてくれているのだから、今更他を見たところで、どうも思わない。愛着もない人間相手なら、尚更だからだ。

『あの人、どこの部屋の担当者なんだろう。初めて見る顔ってことは、もしかしてラウンジかレストランの人だったのかな？　本当にすごいや』

だが、響一に関しては、生まれたときから香山の仕事を見てきただけに、彼には特別な感動は生まれない。かといって、事務所の面々にしても香山同様、初めから「この人たちはできる」とわかっていて見ることが多いので、〝実はそれほど期待もせずに頼んでしまった相手〟から受ける衝撃とは、比べものにならなかったのだ。

そう――――響一は、この際テーブルの上に物を並べてさえくれれば、あとは自分が調整すればいい程度の気持ちで、圏崎たちにセッティングを依頼していた。

あえて主賓席を指定したのも、自分が作る高砂の前にあるテーブルだったから、自分の目が行き届くからであって、他に特別な期待や理由がなかったのだ。

『よく見たら、ルックスもいいし。動きも何もスマートで無駄がないし。優雅で仕事に余裕もあって、めちゃくちゃカッコいいな』

それだけに、神がかり的なセッティングを見せられたものだから、感動も一際だった。

しかも、技だけでも十分目を奪われるだろうに、極上のルックスまで揃っているとなったら、心まで奪われる。

『この世界、まだまだ上には上がいるってことだよな。俺も頑張らなきゃ』

響一は、一際輝いて見えるテーブルセットと圏崎自身に、すっかり夢中になってしまった。

「ありがとうございました。大変助かりました」

「どういたしまして。じゃ、俺たちはこれで」

あまりに圏崎のほうに夢中になりすぎて、アルフレッドが仕上げていったテーブルセットの見事さに気づいたのも、あとになったほどだ。

『俺たちはこれで…か』

しかし、ほんのわずかな時間の出来事だったが、このことは響一の胸に深く刻み込まれた。

「どうした、響一。ニヤニヤして」

「神を見た」

「は？」

「なんでもない！　仕事仕事〜」

その日一日のモチベーションさえ上げ、過酷なスケジュールの仕事がすべて終わったあとでも、興奮冷めらずという状態にした。

『あの人、まだどこかにいるのかな？　中尾さんに聞けば、名前や部署がわかるかな？　無事に終わりましたっていう報告がてら御礼に行ったら、顔見知りぐらいにはなれるかな？』

すでに、仕事が終わったら焼肉に行くという約束も覚えていない。

『あれ？　でも、なんでここの社員なのに、名札がなかったんだろう？　俺が見落としただけ？　あ、そうか。すぐに上着を脱いでたから、それで見落としたのかも――』

頭の中に残っているのは魔法のような仕事ぶりと、その仕事に負けないパーフェクトな圏崎の姿だけだ。

『そういえば、仕立てのいいスーツ着てたな。ウエストコート姿も様になってて…。あの年頃でスリーピースをさらっと着こなすなんて、もしかしたらかなり偉い人とかだったのかな？　お連れさんも迫力あったし…。お近づきになりたいな～』

しかし、珍しく私欲に走って中尾の元へ駆け寄ると、なぜか先客がいた。

「は⁉　オーラス休んで、こっちを手伝え⁉　それ、どういうことだよ」

「どうもこうもないよ。部長にはＯＫ取ったから、今日の借りは響一たちじゃなくて、香山配膳そのものに返してくれ」

「え～っ」

中尾は、いったいいつ来たのか、香山に捕まっている。

「何？　どうしたの中尾さん？　なんで叔父貴が来てるの？」

「聞いてくれよ、響一。香山の奴、いきなり俺に有給取って、別の式場で仕事しろって言うんだぜ。それもゴールデンウィークのオーラスに」

「は？　プレジデントの社員に、どんな無茶⁉」

それも驚くような依頼、響一でさえ中尾に同情するような内容を伝えにだ。

「ちょっと、わけありの仕事が入ったんだ。二十人ほど集めなきゃならないんだが、ベストメンバーでって、親父からのお達しでさ」

「だからって、辞めた人間まで引っ張り出すの？」

「こいつに関しては持ちつ持たれつだよ。いつも融通してるんだから、お互い様」

「でも…。そこまでしなきゃいけないのかよ？　なんか、すごい横暴に見えるぞ」

身内だからこそ、腹が立つ。響一は、ただのわがままにしか思えない香山の言動に、さすがに反発した。

すると、

「なら、言い方を変えるよ。中尾」

「なんだよ」

「その仕事には、久しぶりに俺もメンバーに入るんだけど、どうする？」

「マジ？　なら、行くわ。なんだ、先に言えよ〜。人が悪いな、お前も。有給取る、取る」

「これでいいだろう」

香山はたった一言でその場を片付けた。そして、憎らしいほどの笑みを浮かべて響一を見る。

「はーっ。二代目ＴＦメンバーも健在だな。辞めても一声かかれば飛んでくるって、都市伝説じゃなかったんだ」

「ようは、トップの追っかけ集団だからな。残りの九人は」

そんな様子を目にして、自然に高見沢と響也が寄ってくる。

「でも、叔父貴が直々に仕切るような仕事って？」

こうなると響一も、中尾の肩は持ちようがない。

むしろ、香山が一緒に現場に立つと言ったほうが気になり、嫌な予感さえ湧き起こってくる。

「いや。仕切るのはお前だよ。あくまでもメインは現役ＴＦで行く。ただ、そこにレベルを揃えるのと、他の仕事との兼ね合いがあるから残りの十人を現役からは引っ張れないんだ。それで、こうしてＯＢに声かける羽目になってるんだけどさ」

案の定、香山は聞き捨てならないことをサラリと言った。

「なんか、よっぽど面倒な仕事投げてきたの？　お祖父《じい》ちゃん」

「旧友に泣きつかれて、アルジェリアから帰ってきた。でも、できる限りのことはするって言いながら、結局話が決まったらすぐに戻っていったけど」

「――――あ、そう」

響一は、元凶が祖父と知った段階で、これ以上聞くのはやめにした。

これは絶対に、好奇心で聞いていい内容ではない。きっと一介の高校生には無縁としか思えないような企業単位の話が絡んでいる。

祖父がそこまでするような旧友なんて、ホテルマン時代の同志しかいない。

そしてそんな同志はといえば、響一が知る限りでも、どこぞのホテルの重役だとか、長だとかばかりだ。部長、課長クラスさえいない、よくも悪くも大物ばかりだからだ。

「ま、何かあれば助け合うのが常だから。ってことで、お前らも若干予定変更だから頼むな」

香山は、響一が納得した段階で、かなり安堵していた。

「はーい」

「了解」

響一が納得すれば、高見沢も響也も右に倣《なら》え。以下ＴＦの残りメンバーも、それ以外も、誰一人異論を唱えるものはいはない。

こういうところは、扱いやすくて助かる。香山が見せた安堵は、そういう意味だ。

『二十人――――。叔父貴込みで、そんな怪物ばっかりを俺が仕切るの？　マジかよ』

とはいえ、一難去ってまた一難。

響一は異論こそ唱えなかったが、想像するだけで背筋に冷たいものが走っていた。

香山に釣られて中尾が出てくるということは、おそらく中津川も出てくるし、他の元ＴＦ二代目メンバーも出てくると思っていい。

さすがに他社の重役や相談役になっているようなメンバーは無理だろうが、だとしても、その穴を埋めるのはきっと三代目、四代目ＴＦに名を連ねたメンバーだ。

場合によっては、三、四のトップが自ら出てくる可能性も否めない。

なんだかんだといっても、香山晃信者は多い。香山と仕事ができるならという理由だけで、今の職場で有給を取る中尾のような人間は山ほどいるのが現状だ。

しかも、職場がそれならと許すのだから、始末に悪い。

『いったい、どんなお偉方のイベントがあるんだかな〜』

響一は、当日の面子《メンツ》を想像すると、これまで感じていなかった疲れが一気に出てきた。

さすがにもう、圏崎の元に挨拶に行こう。できればお近づきに…と、希望してみようという気分にはなれない。

「――じゃ、中尾さん。行きましょうか」

思い出したように焼肉を求めると、一日の疲れと憂さを晴らすように、食べて食べて食べまくった。

「ごちそうさまでした！」

「すいません、俺たちまで」

「本当、悪いな俺まで」

以下三名もなぜか、一緒になって食べまくった。

「誰が社長の分まで払うって言った！　高見沢と響也は仕方ないにしても、お前はせめて自腹切れよ、香山。領収書やるから、経費で落とせ！」

思いがけない出費に泣くのは中尾ただ一人で、のちのち彼のフォローをしてくれたのは、事務所で金庫を預かる中津川。決して彼が心酔している、香山自身ではなかった。

4

突然舞い込んだゴールデンウィークオーラスの仕事。響一が詳しい経緯と内情を知ったのは、当日前夜のことだった。

〝実は、オーラスに入った仕事って、青山静汕荘なんだ〟

翌朝同じ職場に出向くこともあって、その夜香山は中津川と共に響一の家――自分が生まれ育った実家――に泊まりに来た。普段どころか昔から行き来のある中津川が同伴しているだけに、今のマンションにいるのと大差ない感覚だ。

響一にしても響也にしても当たり前のように二人を迎えて、四人でリビングに集まっての話になる。

〝静汕荘？　あの老舗の？　なんでまた。あそこは基本的に社員で全部回してるようなところじゃないか。うちからだって滅多に派遣しないし、まさか社員がストでも起こしたの？〟

だが、改めて派遣先を聞くと、響一は不思議そうな顔をした。

〝ストってわけじゃないんだが。まあ、似たようなものかな。今、あそこは社員が二分して、すごいことになってるらしくて〟

〝社員が二分？〟

〝そう。この不況続きで、経営もかなりやばいところまで傾いてるんだが、その立て直しのために、あのベルベット・グループへの傘下入りが、ほぼ確定らしいんだ。ちょうど日本進出に向けて、先方から合併の話が来たらしくて。ただ、それに賛成な社長と二男の常務派と、米国ホテルのグループ傘下に下るぐらいなら、潔く幕を引いたほうがいいっていう長男の専務派の間で意見が分かれて真っ二つ。しかも、調理場が賛成派で宴会課が反対派なもんだから、何かとぶつかっちゃって――肝心な宴会そのものが、最近スムーズに回らないらしいんだよ〟

聞けば聞くほど首を傾げるような話だった。

〝なに、それ？　そんなことってあるの？〟

響一は、次第に腹が立ってくるのが抑えきれなかった。

〝まぁ、ベルベット・グループっていえば、元のホテルの名前や建物、歴史そのものは大事にしてくれるけど、従業員のほうは徹底的に改善するのが売りだから。下手したら表立ってサービスしている人間は総取り替えなんていうのもざらだし、一方的に切られる可能性が高い側としては冗談じゃない、そんなの反対だ、お前らは首になる心配がないから笑って賛成してるけど、少しはこっちの身にもなれ。そもそも静汕荘の歴史を表だって支えてきたのは、自分たち接客係なのに――っていうのもあって、余計に揉める羽目になってるそうだ〟

はきはきと物は言っても、どちらかといえば温厚な響一が声を荒らげた理由は簡単だ。

〝だとしても、そんなのお客さんに関係ないじゃん。ホールとキッチンが敵対してて、どうするっていうんだよ〟

中でどんな事情があろうが、表には出さないのが仕事の鉄則だ。

特にサービス業ならば、尚更だ。

こんな基本的なことを老舗のホテルが――と思うと、それだけで「何を考えてるんだ」という剣幕になったのだ。

〝だろう。さすがにこの状況には、社長も注意したらしいんだけど。ただ、兄弟二人の意見は違えど、愛社精神には大差がないから困り果ててさ〜〟

〝それでお祖父ちゃんのところに泣きついたの？　だからって、どうしたらうちから二十人とかって話になるんだよ〟

別に香山や祖父が悪いわけではないが、ついつい語尾がきつくなる。

響也と中津川は同意するも、黙って聞きに回っている。

〝それがさ、こんなときに限って、とんでもないオーダーの結婚披露宴が入ってるんだと。なんでも静汕荘の優良株主の娘さんの結婚披露宴らしいんだけど、直前になって食事や演出プランを大変更してきたんだと。しかも、それがまあ派手というか贅《ぜい》を尽くしてるというか。散財してくれるのはありがたいけど、静汕荘の宴会課じゃやったことがないようなプレゼンテーションが満載らしくて。宴会課を仕切ってる専務が、こんなのうちじゃできない。粗相を招くだけだって、万歳したらしいんだよ。総料理長のほうは、今こそ腕の見せどころだって言って、大張りきりらしいんだけどさ〜〟

しかし、説明は進めば進むほど、響一の機嫌を悪くするばかりだった。

〝それって、根本的に間違ってない？　営業の担当者は何してたの？　普通、お客さんと自社の兼ね合い取るでしょ？　まさかできることと、できないことがあるってわからなかったって言わないよね？　なんでやんわりと断るか、もっとゆるくできなかったの？〟

〝んー。もしかしたら、例がなくてわからなかったのかもな。それに、最終的に相談されて変更のOKを出した常務が、実は静汕荘の総料理長なんだ。ようは自分ができる、イコール、ホールも対応できるだろうって思い込んでたのかもしれない。ある意味、宴会を仕切ってる兄の腕を信じきってたんだろうけどな…〟

それに反し、すでに一度は同じ理由でキレて物でも壊したか、もしくは中津川辺りに八つ当たりをして消化したのか、過激さから言えば響一の比ではない香山にしては、ずいぶん落ち着いていた。

が、これはもう、怒りを通り越して呆れ果てていたのかもしれない。

むしろこんなことのために土下座に及んだ森岡が気の毒で、とりあえずできる限りのことはしようと、歩み寄っただけかもしれないが…。

〝でも、できないものはできない。しかも、なんでそんなこと勝手にOKするんだ、こっちに相談もなしに――――って。普通はなるよね〟

〝ああ。おかげで、余計に兄弟仲が悪くなっちゃったらしくて。それで親父も静汕荘の社長を見捨てられなくなったっていうのが、今回の大筋だな〟

なんにしても、説明をし終えただけで、香山には疲労感が窺えた。

〝最悪だね。変な行き違いさえなければ、理想的な家族経営なのに。お兄ちゃんがホールで弟がキッチン。でもってお父さんが経営なんて。ねぇ〟

ようやく口を挟む隙《すき》ができてか、響也がぼやく。

〝だよな…。で、叔父貴。そのお手上げされたメニューを含む当日の進行表って、実際どんな？

今のうちに見せてよ〟

ぼやきも出なくなった響一に至っては、どんな事情や理由があるにしても、やるしかないと思えば、やるだけだ。明日の披露宴データを求めて、香山に向けて手を出した。

〝ほい。まだ変更の可能性あるらしいけど、一応これが当日の流れだ〟

〝はっ？　お色直し四回？　これじゃ、ほとんど高砂が空じゃん。色打掛を三回のドレス一回ならまだわかるけど…。色打掛二回にドレス二回って、料理が出るごとに花嫁退席ってことだよね？　忙しいな…〟

だが、受け取ったB４判の進行表をざっと見た瞬間、響一は唖然とした。

〝しかも、肝心な料理の詳細は？　こんなの、料理の名前だけ見たってわかんないよ。ってか、何これ？　松阪牛《まつざかうし》の灼熱《しゃくねつ》の恋、ドラマチックソース仕立てって。まさか雌牛《めうし》と雄牛のフィレステーキとかセットで出すの？　ハート形？　なんにしても、何がドラマチックなんだか、全然想像がつかないんだけど〟

新郎新婦のお色直しの多さにも驚いたが、一際目を引いたメインディッシュのネーミングには、ひたすら首を傾げていた。

〝ぶっ!!　それ受けるっっっ！　聞いたこともねぇ食い合わせ〜！　兄貴、可笑《おか》しいよ。すげー、最高！〟

どんな想像をしたのか、響也が頬張っていた土産の菓子を噴き出しながら、げらげら笑う。

〝笑うなよ。真剣に考えてるのに〟

真剣に考えれば考えるほど、変な想像になっていくのは止められない。

これには香山も中津川も個々におかしな想像を始めたのか、頭を抱えたり、小さく噴き出したりしている。

〝なんにしても前途多難だな。これ、半分ぐらいは皿盛りなのかな？　まさか全部取り分けとか言わないよね？　プレゼンテーションって、何やらされるんだろう〟

結局、考えたところでどうにもならないとオチをつけたのは、中津川だった。

〝それはもう、行ってからのお楽しみだな〟

香山は乾いた笑いを漏らすと、せめて今夜は早く寝よう、何ごとにも耐えられる体力だけは損なわないようにしようと、早めの就寝を促した。

『――なんて叔父貴は言ってたけど、行ってもよくわからないってなしだよな。総料理長は、今説明してもかえって混乱する、料理ごとに指定するから、その通りにしてもらえればOK、サービスが全員香山なら大船に乗った気持ちでやれるって、満面の笑みだったけど…。それってただの無責任だって』

翌日、青山静汕荘へ出向いた響一は、オール黒服指定があったことから自前のフォーマル一式に身を包んでいた。

『神様、どうか今日も粗相しませんように』

そんな姿で時間の合間をぬって来たのは、静汕荘ご自慢のウエディングチャペル。

じきにここで式を挙げるカップルの控室に桜茶を出すついでに、ゴミなどが落ちてないかを確認するべく中へ入って一巡り。更についでといってはなんだか、上座の上段に掲げられた十字架に、思わず両手を組んで神頼みしてしまった。

『万が一、雄雄セットの肉が出てきても、間違えて雄雄とか雌雌になるような過ちだけは犯しませんように！』

よほど〝松阪牛の恋〟に引っかかっているのか、もしくは未知なる披露宴サービ人に湧《わ》き起こる嫌な予感を振りきりたいのか、神さえそっぽを向くしかないようなお願いをしていた。

「こんなところで、なんのお願い？　それとも実はクリスチャン？」

と、突然チャペル扉が開き、声をかけられた。

「っ⁉　あなたは、この前の。どうしてここに」

真っ白なドアを開いて現れたのは、まだ記憶に新しいナイスガイ。響一は、圏崎の姿を見ると驚きとときめきで心臓を鷲掴《わしづか》みにされた。

「君が入っていくのが見えたから…。でも、覚えてくれてたんだ。嬉しいな」

そう言いながら浮かべた微笑が、なんとも眩《まぶ》しい。前触れもなく現れたテーブルセットの神は、暗雲漂う響一の表情を一瞬にして晴れやかなものにしてくれた。

まさに、神様ありがとうという心境だ。

「もちろんです。先日はお世話になりました。でも、どうしてプレジデントの社員さんがここに？　もしかして、結婚式ですか？」

しかし、響一は笑顔で圏崎に近づくも、よもや、まさかと思った。

他社の社員が自社以外の式場で結婚式を挙げるとは思えないが、そういうケースがないわけではない。場合によってはお仲人さんの関係者や主賓の中にここの幹部がというパターンもあり、彼が入り婿ならば新婦側の縁者の顔を立てて――ということも十分考えられる。

響一は、ここにいる圏崎が来賓を示す黒のフォーマルを着用していなかったために、彼は新郎なのかもしれないと想像した。

新郎ならば、普通にスーツで来て、こちらで着替える。その前にたまたま立ち寄ったと考えれば、つじつまの合う話だ。

「いや、仕事でね。先日のプレジデントも、実は仕事で行ってただけなんだけど」

響一の問いに、圏崎は困ったように答えた。

彼が新郎ではないとわかって、響一は安堵する。

どうしてホッとしたのかはわからないが、とにかく彼が無茶な披露宴の主役ではない、また、自分の結婚式のためにここにいるのではないとわかって、響一の肩に入っていた力が抜けた。

「え？　仕事で？　でも、スタンバイ手伝ってくれたのは…？」

しかし、代わりに新たな疑問が湧いた。

「あれは、たまたま裏を見学させてもらってたときに、君から声をかけられたから」

圏崎に思いきり照れられて、響一は悲鳴を上げそうになる。

「――――っ、すみません‼　言ってくだされればよかったのに、俺…なんてこと」

「いや、そうなる可能性はあるって、初めから言われてたのにウロウロしてたから、気にしなくていいよ。忙しいときは猫の手だって借りたいのはわかるし、それが使えそうな人間だっていうなら、たとえ五分でもって気持ちになるのは、同業者ならよーくわかるから」

よりにもよって、と思うだけで目眩《めまい》がしそうだ。

だったらあの場で「自分は関係ない」と言ってもらったほうが、まだ救われた。

「すみません。本当に、ごめんなさい」

響一は身体を二つに折ると、謝り続けた。

だが、圏崎の顔色を窺いつつも顔を上げると、紅潮した頬を覗かせ、思いきって口にした。

「けど、あのときは本当に助かりました。それ以上に感動させていただきました。ありがとうございます」

「――――感動？」

「はい。俺、あんな見事なテーブルセットは、初めて見たんです。無駄がなくてスピーディーで、しかも寸分の狂いもなく均等に一発置きなんて。本当に、すごかった。それしか言いようがないぐらい。なので、実はあのときの御礼を言いたかったのもありますけど、このことも伝えたくて。あなたにもう一度会えたらいいなって思ってたんです」

本当だったら、あの日のうちに伝えたかった。場合によっては、もう伝えることさえ叶わないかもしれないと諦めていただけに、響一はここで圏崎に再会できた喜びを全身で表した。

少し興奮気味になっている口調、瞬きさえ忘れたような双眸《そうぼう》。自然に力が入っているのか、握りしめられた両手の拳《こぶし》。言葉だけではなく、声色から表情からすべてを駆使して自身の感動を伝えている。

「そう。そう言ってもらえると嬉しいよ」

何よりこれ以上ないと思うような笑顔を向けられ、さすがに圏崎も頬を赤らめた。

「きっと、一緒にいた彼もね」

と、背筋に突き刺さるような視線を感じて、圏崎は出入り口に立っていたアルフレッドの存在を響一に知らせた。

「…？　あ、はい。本当にお二方とも、素晴らしかったです。感謝してます」

そういえば――――、微かな記憶をたどりながら、響一はアルフレッドに向かって一礼した。

記憶にあったのは彼の髪の色ぐらいで、他はさっぱりだった。これは記憶魔の響一にしては、珍しい失態だ。

「と、せっかく声をかけていただいたのに、すみません。これから仕事なもので」

これ以上はボロが出ると判断したのか、響一は仕事にかこつけて退散することを決めた。

「こちらこそ。引き止めてしまって悪かったね」

「いえ、そんなことは。では、これで。どうか素敵な一日をお過ごしください」

「ありがとう」

圏崎に見送られてチャペルを出る。そこからは真っすぐに、本日受け持つ披露宴会場の裏へと回った。

『香山響一…か』

一足遅れてチャペルを出た圏崎を、いつになく仏頂面で待ち受けていたのは、アルフレッド。

「ようは、あなたのことしか覚えてなかったみたいですね、彼は」

「そんなことはないよ。たまたま俺が目の前で仕事をしていたから、記憶に残ったんだろう」

「へー。金も銀も高砂から見るには、大差ないと思いますけどね」

二人は移動しながら、目的地に向かって館内を歩く。

普段なら半歩ずれて後ろを歩くアルフレッドが隣にいる辺りで、これは厄介なことになったと、圏崎は苦笑いを浮かべた。

「――拗ねるなよ。お前の実力は俺が一番評価してる。それでいいだろう」

「そう言われても、テーブルセットであなた以下の評価をされるのは不本意です。こっちはもともと本職です。ベッドメイクでは敵《かな》わないと思いますけど、テーブルセットとメイクラブでの負けは認められません。ま、彼の好みがあなたのほうだったのでは、争いようもないですけどね」

案の定、現在のアルフレッドはプライベートモードだった。秘書というよりは圏崎の同志であり仲間、対等な友人であることのほうが最前面に出ている。

「アルフレッド」

「それにしても憎いな。私でさえテーブルセットだけで落とした子なんかいないのに」

「意味が違うだろう。彼は俺の仕事しか見てないよ」

彼の気持ちもわからないではないので、圏崎もまあまあと言葉を濁した。

「仕事だけなら、私を見るはずですけど」

「――……きっと怖かったんだよ。誘拐されるから目を合わせるなって、躾《しつ》けられたのかもしれない。日本には赤い靴っていう童謡があるんだ。油断すると異人さんに連れていかれてしまうという、怖い歌詞の童謡がな」

普段言わないようなことまでつい言ってしまい、逆にアルフレッドを唖然とさせる。

「滅多に聞かないジョークをありがとうございます。恋って偉大ですね。こんなカタブツ社長に笑えないジョークまで言わせるなんて」

「誰が恋だ」

否定しながらも目が嫌がっていない。嘘のつけない圏崎に、アルフレッドはここぞとばかりにニヤリと笑った。

「私にまで隠すことはないでしょう？　素直じゃないですね。気に入ったんでしょう、彼。香山響一を」

「人柄と仕事は否定しない。彼はとても魅力的だ」

観念したのか、圏崎は足早に前を歩くと、顔色を窺うアルフレッドに背を向けた。

「それだけですか？」

「容姿もと言わせたいのか？　だったら仕事が終わってからにしろ。ここで個人的な好みの話をする気はない。これから仕事だろう彼にも失礼だ」

歩き続けたフロアの前方に森岡の姿を見つけると、話はここで終わりと、会話の語尾で合図する。

「わかりました。では、今夜にでもじっくり聞かせていただきましょう。彼の容姿についての感想、そしてもう一度会いたかったと言われて、蕩《とろ》けそうな顔をしたときの心境をね」

アルフレッドは、それを阿吽《あうん》の呼吸で受け止めながらも、刺せる釘はしっかりと刺した。

「これは、これは圏崎社長。お待ちしておりました。さ、こちらへどうぞ」

「森岡社長。本日はどうも――」

それでも圏崎は何事もなかったような顔で、森岡と共にその場から移動した。


これから始まる披露宴会場のセットがすべて終わった裏では、いつにないざわめきが起こっていた。

「本当に、申し訳ありません。今回のことは、すべて私共の責任です。私共の力不足が原因です。このような事態になりまして、何と申し上げてよいのか…」

緊張気味に声を発し、ふかぶかと頭を下げたのは静汕荘の専務。背後には宴会課の幹部が四名顔を揃えていたが、いずれも緊張気味のようだ。

それもそのはず、彼らの目の前には響一率いる現役TF十名と、香山が自ら選抜して来たT

F・OB十名が、本来なら揃うはずのないところで顔を揃えているのだから圧巻だ。

これまで社員と準社員だけですべてを賄ってきた、当日のみの派遣などめったに迎え入れたことのない静汕荘の幹部たちにとって、香山や響一たちは都市伝説にも近い存在だ。正直言ってしまえば、今朝までは「だから、なんだ」「お手並み拝見だな」と声を上げて笑う者さえいたが、実際彼らを前にした途端、そんな余裕はなくなったのだ。

「困ったときはお互い様ですよ。それに、実際やってみなければ、我々だってそちらの希望通りの仕事ができるかどうかは、定かでないですし…。ただ、うちのメンバーの強みは、いろいろなところで、いろいろなサービス経験をした者が揃っているということです。なので、どんなパフォーマンスやプレゼンテーションを指示されるのかはわからないですが、これまでの経験を生かして、全力を尽くしますので、どうかご協力お願いいたします」

「ありがとうございます。そう言っていただけると心強いです」

なぜなら、自前の黒服姿で現れた男たちは、誰がトップだと言われても不思議がないほど一人一人が際立っていた。

それにも拘らず、先頭を切って現れた香山と響一の存在感は一際華やかで、迎えた幹部たち全員から溜息を誘うほどだったのだ。

「ただ、一つだけお願いしていいですか?」

「なんでしょうか」

「仕事中は何があっても、決してキッチンと争わないでください。どんなお料理やプレゼンの指示が出たとしても中断することなく、そのままここまで運んで、そして伝えてください。そこから先は、我々が対応します。質問事項があるときは、直にキッチンに問い合わせます。よろしいでしょうか」

「――――わかりました。本日のこの部屋は、すべて香山の皆さんにお任せしております。私共は裏とお伴に徹しますので、存分にお使いください」

しかも、圧倒されたのは、その存在感だけではない。

現場入りした彼らの準備の速さや手際のよさ、何より初めて来たはずの現場で、何一つ迷うことなく作業していく予備知識の確かさにあった。

これは前もって、式場全体の図面の写しが森岡から香山に渡されていたという事実はあるが、それでも二次元で見るのと三次元で見るのではイメージも違うだろう。表向き建物であれば、H《ホーム》P《ページ》を見れば場内の写真が数多く載っているが、裏はそういうわけにはいかない。

それにも拘らず、彼らは通用口から更衣室、そして更衣室からこの場に来るまでの間に、仕事に必要なことはすべて頭に叩き込んでいた。

特に響一の記憶力は驚異的で、様子を見に出ただけのフロアでたまたま来賓と遭遇しても、社員となんら変わらない対応をした。

クロークの場所を聞かれれば笑顔で答え、担当以外の宴会場を尋ねられてもさらりと案内し、何より社員でさえすぐには出てこないような静汕荘の社歴や幹部役員たちの名前を訊ねられても、当然のように説明して聞かせたのだ。

さすがに驚きが隠せなかった幹部たちは、なぜ響一が現在のトップと言われるのかを、理屈抜きに納得した。これが香山配膳、業界内でも引く手あまたのトップ配膳人たちなのだと、現段階で理解せざるをえなかったのだ。

「では、ここから先はこの者に任せますから。高砂もこの者で」

「え？　香山社長が仕切られるのでは？」

「いえ。今の香山のトップはこの者ですから。現場に立ったら、たとえ社長であっても、この者の指示に従います。もちろん、困ったときには知恵を出し合いますが、それでも最終的に決断と指示を出すのは、すべてこの者の仕事です。それができない人間を、香山では決してトップとは呼びませんから」

「――――そうですか」

そんなこともあり、この場で今日の仕切りを響一がやると言われても、静汕荘側に反論する者はいなかった。

「今日は全力でやらせていただきます。どうかよろしくお願いします」

「こちらこそ」

香山がやるのだと思っていた分、驚きはしたが、異論を唱えられるものは誰一人いなかった。

「では、ミーティングを始めます」

そうして固唾を呑んで見守る幹部社員を含めた派遣社員たちの前で、響一は進行表を片手に最初の説明を始めた。

「洋食フルコース＋αで迎賓からラストまで三時間。花嫁のお色直しが四回と、かなり多いほうです。その間、大分来賓が席を立たれると思いますから、随時注意してください。特に今日は友人席に小さいお子さんが多いです。新郎側に四人、新婦側に五人。かなり賑《にぎ》やかになることも想定して、サービスに当たっていただければと思います」

香山をはじめ、自分を育ててくれたＯＢたちを前にしても怯《ひる》むことなく、むしろリラックスした表情で、これから行われる三時間の宴に関しての進行を一つ一つ確認しながら、説明していった。

「また、担当卓ですが、鶴と亀。裏から一番遠い席ですが、新郎新婦の祖父母様が同席してますので、ここは年の功で社長と専務のコンビでよろしくお願いします。あと、主賓の金、銀には名のある政財界の方々が来られるという情報なので、ここは中尾さんと高さんのツートップで」

響一の背後に置かれたホワイトボードには、前もって描かれた場内の見取り図があった。

ほぼ正方形の室内には、高砂を上座に見立てて十人用の丸卓が十八、そして表の出入り口と裏への出入り口の場所が記され、響一はそれを元にテーブル担当者を即決した。ホワイトボードにメンバーの名前を書き入れながら、誰もが適切と思われる配置設定を選択していったのだ。

「それ以外の席は、裏から遠いほうから現役チームで埋めていきます。あと、浮いてる響也はチャイルド同伴の二卓のフォローに専念。たぶん、一人や二人は常に消えるだろうから、くれぐれも目を光らせて」

「了解〜」

そして、そんな中でも一際目立つよう、赤ペンで印をつけたのが子供連れの席だった。

他のメンバーも、ここだけは確実に、担当外でも確認する。

「あとは料理が来ないとわからないので、その都度指示を出します。が、全メニュー取り分けないし、何かしらのプレゼンがつく可能性があるので、そこは覚悟しといてください。場合によってはメインディッシュに雄肉と雌肉のセットステーキとかあるかもしれないので、度肝を抜かれないようにね」

本来ならもっと事前に話すべきことはあるが、それさえできないので仕方がない。

響一は場を和《なご》ますように昨夜の話をすると、周囲をドッと笑わせ、十分リラックスさせてから、スタートの合図をかけた。

「では、迎賓です」

今日もこの一言からすべてが始まる。

主役にとっては人生最大のメインイベント、結婚披露宴というノンフィクションドラマが。

＊＊＊

会場内を来賓たちが埋め尽くすと、そこからしばらくは、ある程度決まったシナリオでの流れ作業が続いた。

「ケーキ入刀から乾杯までノンストップで行きます。シャンパンの用意、お願いします」

新郎新婦入場から乾杯までは、特にスタートダッシュがかかる。

「お、ドンペリだぞ。リッチだな」

「コルクを抜いたら、さぞいい音がするでしょうね。浮かれて抜栓のタイミングを外さないでくださいよ、中尾さん。音、完璧《かんぺき》に揃えていきますからね」

「わかってるって」

この辺りまでは、さすがに奇をてらったような演出はない。

白亜の城のようなウエディングケーキが、すべて特注だったが、あとであれも切り分けか？　それはさすがにパティシエがやるんだよな？　と、普段ならしないような危惧をしただけだ。

「新婦退場――――一回目のお色直し入ります」

だが、油断ならない料理が出始めるのは、ここからだった。

「じゃ、オードブルとスープ、続けて。両方皿出しですけど、細工物なので気をつけて。特に、このスープ上のメレンゲの上で泳いでる紅白の鶴、くれぐれも溺《おぼ》れさせないようにしてね」

オードブルに気合いの入った、かつ繊細な装飾が施されているのはまあいいとして、響一はすでに配るだけの状態までになったスープ皿を目にすると、苦笑しそうになった。

縁起を担いで鶴や亀の細工物が使われるのはよくあることだが、スープ皿の中に浮かぶ鶴は、いつ溺れても不思議ではない状態だ。

『舌触りのよさに徹してるんだろうけど、メレンゲがゆるいよ』

言っても始まらないので、最善の注意を払って配るが、こういうときに気の毒なのは裏から一番遠いテーブルだ。今日の場合は香山と中津川だ。

「白ワイン行きましょう」

しかし、こんなことでめげてはいられない。

「魚、来ました。皿盛りですが、仕上げに熱したオイルソースをプレゼンで」

「は⁉　オイル？　飛んだらどうするんだよ」

キッチンからの指示を聞き、声を上げたのは高見沢だった。ソースの入った容器を手にすると、伝わってくる熱さに更に驚く。

「貸して！」

響一は、ちょうどお色直しで席を外している新郎新婦用の魚を用意すると、ソースの入ったそれを手にして、試しにかけた。

「――――っ」

「目にも耳にも美味《うま》そうだけど、けっこうハネるな」

熱したオイルソースをかけられたことで、皿の中央に盛られた生の真鯛《まだい》の切り身が半生になる。皮の部分がほんのり焦げて、その様は見ているだけで食欲をそそって、食べてもさぞ美味そうだ――――が、思いのほか油の粒子が飛び散るプレゼンテーションに、響一は目を見開き、高見沢は眉を顰めた。誰もが着飾って訪れる披露宴の食事としては、どうかと思う。

もはや、それしか言いようもない。

「言っても始まらないよ。着物と子供、特に注意。お客様には前もってナプキンを構えるようにお願いして。くれぐれもハネには気をつけて。間違っても顔や手に飛ばさないように」

「了解」

だが、これぐらいのことなら、何も響一たちが揃って呼ばれることはないだろう。それを証明するように、次々と顔をしかめるような指示が専務を通じてキッチンから伝えられた。

「次。ソルベにフランベのサービスがつきます」

「は？　誰が決めたの、その演出。普通、キャンドルサービスの前に、ファイヤープレゼンはやらないよね？」

なんだそれ、と思わず聞いてしまったのは、最年少の響也。

「どうやら新婦がノリノリで企画したらしいと、親族席から情報」

「――――そりゃ、演出も何も丸無視だな。誰も止められなかったんだな、ようは」

そんなところに香山が耳にしたことを伝え、中尾がそれに応えて肩を落とした。

「どうする？　お響」

聞いたところで困らせるだけだ。それはわかっている。

しかし、わずかとはいえ火を扱うだけに、ここは慎重にならざるを得ない。

これがレストランでのサービスだというなら、気をつけての一言ですむが、ここは挨拶で歩き回る来賓が跡を絶たない披露宴会場だ。しかも、早々に酔った来賓も何名か出ているような状態では、ブランデーを振りかけたシャーベットに軽く火を点ける作業でさえ、どうしたものかと相談になる。

実際、キャンドルサービスの炎が衣類に移り、あわや大惨事という事例もあるからだ。

「――来賓全員を着席させて。二人セットで二卓回る。一人ソルベまいて、一人はフフンベ。すぐにキャンドルサービスが始まるから、どうせなら照明を落とすタイミングに合わせよう。そうすれば、フランベ自体も演出に見えるし、着席を強制してもおかしく思われない。ドア係と司会には俺からタイミング合わせるように指示するから、とにかく先にお客様に座ってもらって」

響一は、安全を一番に考え、まずは歩き回る来賓の着席を強制することを決めた。

本来なら、カメラやビデオを持って、自由に歩き回る来賓を含めて、こんな強制はどうかと思う。今回は、すぐにキャンドルサービスが始まるという事実があるのでお願いできることだが、そうでなければ、こじつけも見つからないところだ。

「ナイスフォロー。さすが兄貴」

「そんなことより響也、くれぐれも子供たちに気をつけろよ。園児の集団なんて、何かと手を出したがるのが普通だ。こんなところで火傷《やけど》でもさせたら大変だから」

「そこはすでに母親軍団に釘刺した。めっちゃ甘えておいたから、最初の頃よりかなり気をつけて子供見てくれるようになったぜ」

「ちゃっかりしてるな。けど、キャンドル中は、みんな写真撮影に気を取られるから、油断はするな。着物の袂《たもと》もなるべく見て。普段着慣れてない人ばかりだろうから」

「はーい！」

それにしたって、子供にまで通じる保証はない。

子供は飽きれば駆け回る。興味があれば手を伸ばす。それはもはや子供の本能だ。

そうでなくとも大人でさえ解放的になっているのに、子供にだけ大人しくしろと言うほうが無理なのだ。

「じゃ、二人一組でソルベ行って。キャンドルサービスのあとにすぐに赤ワイン。そのあとメインだから」

「はい」

それでもどうにか全員を着席させ、キャンドルサービスまでを無事に終わらせると、響一は次に備えるべく心の準備に入った。

「あ、そだ。赤の銘柄なんだっけ？　さっき白で聞かれて、焦ったんだよな」

「一九八四年物のドメーヌ・ド・ラ・ロマネ・コンティ グラン・エシェゾー」

「ゲッ。ロマネ？」

「一本十万弱ってところかな。ロマネにしてはそうとう安いほう。ただ、こんなところで銘柄を聞いてくるような相手に、下手な説明はいらないよ。どうぞ、ご堪能くださいませでやり過ごして。それでも引かないようなら、高さんに代わってもらって。きっと目眩がするように饒舌にロマネを熱く語ってくれるはずだから」

こんな冗談が言えるうちは、まだ大丈夫。

「うわっ。聞きたくね～」

「悪かったな」

そうこうするうちに料理は前半を折り返した。

このまま何事もなくやり過ごせれば、後半も無事終えられるはず。ひたすらそう願った。

しかし、後半の問題はやはりこれだった。

「――――で、これが噂の〝松阪牛の灼熱の恋、ドラマチックソース仕立て〟か。両家の主賓席のみ、シェフによるローストビーフの切り分けから始まって、盛りつけまでのプレゼン。けっこう時間取られるかもな」

「そのフォローのつもりなのかな？　だからって、熱っ！　何考えてんだよ、この皿の温度。ここはステーキハウスか⁉　だったら素直にウォーマーごと持ち込んだほうが無難だって」

ネーミングから想像するような奇抜な料理ではまったくなかったが、問題は料理ではなく、それを盛りつける器にあった。

「きついですね…。ここまで熱くされると。これならいっそ鉄板のほうが、客も注意してくれるのに」

「皿だけじゃないぞ。すでに切り分けられた肉が載ったトレイも灼熱っぽい。ウォーマーの設定間違えたんじゃないのかって温度になってる」

皿や肉が載ったトレイを入れて運ばれてきた、大きなウォーマーの温度にあった。

「わ、本当だ。これを持ってテーブル回るのかよ。客と客の間に差し込むって考えたら、マジ怖いな」

香山や高見沢たちが懸念する中、響一はそれがどれほどのものなのかと、とりあえず手を出した。

「どれ…、ひっ‼」

想像もしていなかったトレイの熱は、これまで冷静に対応してきた響一に初めて悲鳴を漏らさせた。

「兄貴！」

「お響⁉」

「大丈夫か？　響一」

慌てて手を引っ込めたに拘らず、触れた指の先がビリビリした。

見る間に赤くなっていく。指先は軽く火傷を負った状態だ。

「ごめん。油断した。電源切って。いや、それはもう先にウォーマーから出しといていいや。配るまでに少しでも落ち着けたい。あと、全員布巾《トーション》を氷水で濡《ぬ》らして、持ち手カバーして。乾いたものと合わせて、二枚セットで組んだほうがいい。安定は悪いけど、それぐらい用心しないと、こっちがやられる。これ、本当にお客様に接触しないように気をつけないと、怖いや」

洋食サービスには、右出し左下げというが基本がある。

それは客と客の間に手にしたスープやトレイを入れて、極力皿に近づけて粗相のないように盛りつけるのは客の右側から、食べ終えた皿を下げるときは左側から手を伸ばして片付けるというものだが、そんなときでも会話に夢中になった客は身を捩《よじ》る。何があっても躱《かわ》すのが仕事ではあるが、今日ほどそのことが怖いと感じた日はなかった。

万が一、客のほうから肩や腕に触れたとしても、それが粗相に繫がるようなサービスマンは香山にはいない。当たったところで、全員どうにか持ちこたえる。

だが、それは当たってもさして問題のない温度の容器だからであって、今日のコレは別物だ。

「濡れトーションを使って、トレイの底から冷めないか？」

「お皿のほうも熱いから、そこは大丈夫。ただ、しつこいぐらいお客様に注意を促さないと、うっかりじゃすまない。新婦側のチャイルド込みの席には俺がフォローに行くから、響也は新郎のほうのチャイルド席のフォローに当たって。あ、皿まきするときも手の保護とお客様への注意を忘れずに。たかが皿、されど皿って感じだから」

「う、うん」

響一は、こればかりはキッチンの言いなりにはなれなかった。

『はぁ…。これなら雄雌肉のセットのほうが、どれだけ洒落てていいかわからないな』

確認も許可も必要ない。独断で決めると、ウォーマーから肉の載ったトレイを出させて、少しでも温度を下げさせた。最善の注意を払って、いつもより熱い皿を先にまいた。

『熱いものは熱く。バターやソースの溶け方まで計算した味や演出なんだとは思うけど…。だとしても、これは行きすぎ――っ』

が、まいた傍から子供が皿の縁に手を出した。

「あ、だめだよ」

咄嗟《とっさ》に声をかけるだけでは間に合わない。響一は自身の手で皿の縁から子供を庇《かば》った。

「え？」

「まだ、何も載ってないから。これから美味しいお肉が来るから、それまで触らないで待ってて。いい子で待っててくれたら、あとでお兄ちゃんが大きいお肉選んであげるから」

「本当！　わかった！」

にこりと笑って子供を宥めたが、そのあとは驚いて振り返った母親を見た。

「すみません。お皿のほうも熱くなっておりますので、お子様が触れないよう、お願いできますか？」

「あ、はい。すみません」

まだ若い母親は、特別嫌な顔はしなかったが、どこかキョトンとしていた。

「変なの。なんか今日はやたらに注意されるわね」

「ん。別に披露宴なんだから、もっとざっくばらんでもいいのに」

そう。彼女たちがぼやいたことは、もっともだった。

響一も場が場でなければ「そうですね」と賛同したいぐらいだ。

「大丈夫か、兄貴」

裏に戻る響一に、隣の卓から響也が足早に寄る。

「ああ。セーフだった」

「何がセーフだよ。止めに入ったとき、自分のほうが縁に触っただろう」

笑顔でやり過ごしたものの、響一の左手、人差し指から薬指にかけての三本の外側には、うっすらと皿の縁に触れた痕《あと》が残っている。すぐに治まる程度のものだとはわかっていても、子供が触れれば驚くだろうし、泣くだろう。それこそ自宅の電子レンジで過熱した一品を取り出そうとして、うっかり素手で掴んで滑らせるのとはわけが違う。

「平気、平気。それより、また新婦がお色直しでいないから、注意しろよ。そろそろ子供が飽きてきてるから、走り回るぞ。それに、酔いの回ったお客様も増えてくる頃だから、場合によっては早めに折り詰めの声をかけてもいい。むしろ、こんな厄介な肉料理は初めから詰めて出したいぐらいだけどな」

なぜなら、ここは伝統ある静汕荘の宴会場だ。自宅のようなうっかりは通らない。

『参った。本当に…。どうか、何事もありませんように――――』

その後も響一たちは、客に皿やプレートに熱が残っていると何度となく注意を促した。

中にはローストビーフのわりには、火が入りすぎてないか？　と、雑談交じりに話しているのも耳にしたが、「そりゃそうだろう」としか言いようがなかった。

危険を冒したわりには、料理のグレードを下げてどうするんだ。

本当に、キッチンは何がしたいのかがわからない。

それでも場内から「熱い」の悲鳴だけは聞こえなかったのでよしとした。

「パンとサラダ追いかけ終わったら、そのままデザートと珈琲、プチフールまで一気に行きまーす。もう、合わせなくていいから、あとは自分でテーブル見て、判断よろしく」

響一は、たった三時間もあるかないかの披露宴に、これほど気を揉んだのは初めてだった。

これはサービスマンのレベルがどうこうという問題ではない。もっと先に解決しなければならないところが山ほどあるだろうという話だ。

「デザート、ウエディングケーキにアイスクリームとフルーツの三点盛りで、フルーツソースがけだってよ。今度はデザート皿が冷凍庫から出てくるかもな」

「不吉なことを言うなよ」

それでもここまでくれば、周りから冗談も出る。どこかホッとしてか、笑みも浮かぶ。

「お響、持ち回りのエベレスト・アイスが、石みたいにカッチチカチだぞ。キッチンのほうで、冷凍庫から出すのを忘れてんだって。これは謝ってきた」

それにも拘らず、最後までやってくれるのかと思うと我慢も限界だった。

「――――…っ、一度ウォーマーにぶっ込んで、表面が溶けない程度のところで引き出して。責任は俺が取る。そんなのアイスカットできない。むしろ、やれるもんなら自分でやってみろ、担当パティシエ!!」

響一はまるで怨《うら》みを晴らすかのように、カチカチに凍った山形のバニラアイスを、余熱も冷めやらぬウォーマーに次々と入れさせた。

両手で包丁を持って全体重を乗せても簡単には切れないだろうアイスを片手一本、それも肉用のナイフ一本で、持ち手のプレート上で切り分けていかなければならないプレゼンだけに、この判断は致し方がない。当然だろうと誰もが思った。

「あ…、とうとうキレたな」

「よくもったほうだと思うよ。兄貴じゃなければ、とっくにキッチンに怒鳴り込んでるって。叔父貴でさえ最初に溺れそうな鶴見て失笑してたし、兄貴が肉のトレイで火傷したときは、さすがにプチッてキレて、専務のこと睨《にら》んでたもん」

「そらそうだよな。ここまでおかしなことされたら――――と、今度はなんだ？」

それでも一難去って、また一難。場内から聞こえてきた子供の泣き声に、裏に戻っていた者たちがいっせいに反応した。

「どうしよう、お響。女の子が泣きやまないんだ。子供用のデザートにつくクマの焼き菓子を落として割ったって」

「すぐに持ってこさせれば？　キッチンに予備があるはずだから」

「いや、今日になって急に増えた子供だったらしくて、これ以上予備がないって言われた」

「っっっ。クマの菓子ぐらい、余分に山ほど作っておけよ！　灼熱の牛なんかどうでもいいからさ。んと、気が利かねぇな!!」

こんな低次元な話で声を荒らげたのは、中尾も初めてだった。

響一に至っては、もう怒る気力もない。肩を落としながら、裏に設置された冷蔵庫から私物の紙袋を取り出すと、掌《てのひら》に収まってしまいそうな棒付きのキャンディーを一つ出した。

「――――とりあえず、俺が行ってくるよ」

それを持って中へ行く。

「あれは？」

「こんなときのための対策用アイテム。自腹で持参してるやつ」

「あれで納得するかな？」

「大丈夫。花嫁より美しい配膳王子がマンツーマンで慰めて、自前のお菓子を分けてくれるんだ。しかも、完璧なまでの営業用スマイル。泣きやまない子はまずいない。ほら――」

中尾は様子を目で追いながら、泣き狂っていた女の子をピタリと止めた響一を見ると、自分のことのように胸を張った。

「すげー。俺も欲しいな、飴」

自分では手に負えなかったテーブル担当者が、俺も泣いてみようかなと、笑ってみせる。

「あとは見送りだけだ。忘れ物がないようにテーブルチェックして」

「了解。もう少しだ。頑張ろう」

そうこうするうちに、かつて味わったことのない苦痛ばかりが伴う披露宴は幕を閉じた。

「終わった」

「しんど～」

このあとこの部屋で行われるのは披露宴ではなく、立食パーティー。それに関してはここの社員がやるので、香山の者はここで仕事を終えていいことになっている。

「お疲れ様！　これ、叔父貴から」

社員たちの邪魔にならないよう、会場裏から少し移動する。疲れを隠せないメンバーに、缶コーヒーやジュースを配っているのは響也だ。

「お、サンキュ。しかし、なんだったんだ？　今日のは」

「花嫁大暴走。自分だけが楽しんだ典型だな」

ここで彼らが一息ついているのは、締めのミーティングと反省会がまだ残っているから。香山に至っては、中津川と近くの店で打ち上げできないかと検討中だ。

おそらく、今日勤めた彼らには山ほど言いたいことがあるだろう。自分だってある。これは多少金をかけても、吐き出す場が不可欠だ。よそで愚痴ることはしないのが香山の鉄則の一つでもある分、ここはわかる者同士で愚痴り合おうという思いつきだ。

「御苦労様でした。ありがとうございました。さすが香山の皆さん。何一つ粗相なく……、感動しました」

「常務」

と、そんなところへ本日のやり玉にあがるナンバーワンだろう、総料理長の常務が部下の数名を連れだって現れた。

「本当に、素晴らしいサービスでした。あなた方の技術を、際立ったサービスを見せていただき、我々がどれほど未熟だったか痛感しました」

「専務さん」

一緒に現れた専務の背後には、宴会課の幹部たちが揃っている。

これを機に仲直りでもしたというなら、響一たちも無理をした甲斐があったというものだが、なんにしても今は笑顔で対応できる余力がない。

「お恥ずかしいです。老舗の看板に胡坐《あぐら》をかき、冒険や時代の流れを避けるだけではなく、向上するための努力さえ避けて…。それを心機一転するためには、確かに気持ちだけではなく、社員そのもののスキルアップがいるんだということがよくわかりました」

響一たちとしては、ミーティングを終わらせて早く帰りたい。

しかし、よほど高揚しているのか、専務はかなり興奮気味だ。

「日本一のサービスを誇る式場に、そしてホテルに生まれ変わることを目指すならば、スタッフ全員が香山の皆さんのようにならなければならない。一人、二人が突起していても、それだけではホテルの向上には繋がらない。それが、嫌というほどわかったので――」

思いつくまま話した挙げ句に、身体を二つに折った。

「本当に、ありがとうございます。兄がこうして、今後の改革や進むべき道を理解してくれたのは香山さんたちのおかげです。今回は、無茶な料理ばかりを出してしまって、本当にすみませんでした」

香山と大差がないと思われる中年男性二人が、兄弟揃って涙ぐんでいるが、やれやれと聞き流そうとしていた響一が眉を顰《ひそ》ませたのは、常務が放った一言にだった。

「ちょっと待ってください。おっしゃってることがよくわからないんですけど。とりあえず、総料理長は今日のコースメニューが無茶なものだとわかってたんですか？　お客様の要望とはいえ、披露宴には相応《ふさわ》しくないメニューだったと、自覚されていたんですか？」

これればかりは聞き流せなかった。

響一は一歩前へ出ると、自分より大分大柄な常務を見上げて問いかけた。

「それは――――、はい」

思いがけない肯定に、響一の中で激震が走る。

「だったらなんで、止めなかったんですか⁉　いくらお客様の要望とはいえ、止めないまでも別のやり方があったでしょう？　お客様の要望を受け入れつつ、もっと安全で的確な方法でサービスするメニューや出し方なんて、いくらでもあるじゃないですか」

堪えきれずに食ってかかった。

「それは、あなた方の実力が知りたかったから。実際どこまで対応が可能なのか、またやれるものなのかを明確に知りたかったので、私が自分の披露宴を提供しました」

「――――え？」

そんな響一の問いかけに応えたのは、見覚えのある女性。本日の主役、新婦だった。

「改めて、ご挨拶させていただきます。ベルベット・グループ日本支社、新規開拓部の部長を務めております河井《かわい》と申します。実は私、現在、静汕荘さんと今後のお仕事についてお話をさせていただいているのです。それで、このたびの披露宴を企画させていただきました」

誰もが唖然としている。

「もっと意味がわからなくなったな」

「うん」

中尾の素直な感想に、響一はコクリと頷いてみせる。

「ようは、我々が日本進出において一番重んじているのは高レベルなサービス、それを提供できる人材の確保です。できることなら香山配膳さんたちのように、プロフェッショナルに徹した人員のみで、これから誕生するベルベット・グループのホテル宴会課を運営していきたいと願っています」

私服に着替えて現れた河井の口調ははきはきとしていて、その美しい顔には自信が漲《みなぎ》っている。

「ただ、こちらの専務さんと今後について話し合ったときに、どうしてもそこで意見がぶつかってしまいました。今いらっしゃる社員さんたちが大切なのはわかるのですが、実際我々が欲しいサービスマンのレベルに達していない方が大半でして…。そこをどうにかしたい。できることなら、一時期香山配膳さんにご協力いただき、その間に現在の社員さんたちには徹底的に研修をやり直し、向上してもらう。そして、こちらの希望通りに成長された方のみ、継続して勤めてもらうということでどうでしょう？　という話になったのです」

高砂を飾っていたときも、この場でも、パワフルな河井の印象は変わらない。

「ただ――その、うちの兄が頑固なものでして。香山配膳さんのことも噂でしか耳にしたことがないもので、どんなに私が香山さんたちはすごいんだ、ベルベットさんたちから香山さんたちを比較に出されたら、うちの宴会課は駄目出しされても何も言えないんだって説明しても、実際見もしないで納得できるかって話になってしまって」

そんな彼女の話を、すかさず常務がフォローした。

「それで、だったら双方の話が少しでもスムーズになるようにって、彼女が協力を申し出てくれたんです。実際、ベルベットサイドも香山さんたちがフルに揃ったときにどれほどすごいのか、そのレベルに達したときに、どんなサービスや演出ができるのかを、今後の運営のためにも知っておきたいというお話もされていたし。兄は兄で、うちではやったことのないようなサービスを見れば納得するって。考えを変えて歩み寄る。快くリニューアルに踏み切ると言ってくれたので」

と、この辺りで響一もようやく話を理解する。

「だから――――、祖父を経由してまで、我々を呼びつけた。我々の実力を見るために、普段なら決してやらないだろうコース料理の設定もした。ということですか？」

何がしたいんだと首を傾げるばかりの料理、危険と背中合わせのプレゼンテーション。

だが、そこに披露宴を彩る以外の目的があったとわかれば、納得がいく。

「はい」

「それは、ごめんなさい。私自身が、かなり無茶を言いました。香山さんたちのお仕事に興味があったのも確かなんですが、個人的に盛大にしたいっていうのもあって。何より、これまで見てきた披露宴がみんなパターン化していて、特にお料理が定番すぎてつまらないと感じていたので。もっと凝った演出で楽しめたらいいな、これまでとは違ったお料理のスタイルを作れたら、そのほうが、きっと来てくださった方も楽しいはずだと思ったもので」

今日の披露宴は、披露宴とは名ばかりのものだった。それがわかれば、なるほどなという感じだ。

「それで、あれもこれもやったってことですか？　自分の披露宴なら、試験的に使ってもいいだろうと判断されて」

響一は河井に向かって、改めて確認した。

「まぁ、はい。まさか、他でやるわけにはいきませんし、シミュレーションでは、香山さんたちにはお願いできないと思って」

「それで、満足できましたか？」

いつになく場慣れした新婦だなとは感じていたが、稀《まれ》に式場に勤めた経験がある新婦に当たるケースも過去にはあったので、あえて何も言わなかった。

内情を知りすぎているのも、ときにはもったいないな。純粋に初めての経験を堪能できないのは、ある意味よし悪《あ》しなのかもしれない。それでもここまで好き放題なら、まあいいか——とは思ったが。

「もちろん。素晴らしいサービスでした。とても満足しています。ベルベット・グループの者としても、一人の新婦としても感激しました。実は、裏の様子も少し覗きたくて、お色直しの回数を増やしたんですけど。見に行くたびに感動しました。すべてが完璧で、本当に…どれだけ高揚したことか、わからないくらい」

そういう慣れの表れではなかったらしい。

彼女にはもっといろんな裏があったのかと知って、響一も我慢が限界に達した。

「そうですか。それはよかったですけど、完全に自己満足ですね」

「え？」

「すみません。あなたがベルベットにお勤めで、少なくともこの業界に携わっている方だと知らなければ、こんな言い方はしないんですけど。今後のお仕事にも関わるでしょうから、あえて言わせていただきます」

　仕事の種類は違えど、相手が同業者なら遠慮はいらない。

「基本的には一生に一度のことですから、式を挙げられる方が思い出に残ることをしたいというのは賛成です。お色直しを何度やろうが、どんな料理を出して演出しようが、それはいいと思います。ただ、今日の宴を来賓にも楽しんでもらうためにやった。また、今後もやりたいというなら、俺は反対します。今回は、ご自分が招いた客層さえ理解せずに立てた最悪なプランだったと言いきります。たとえ仕事熱心の表れだとしても、お門違いです」

　むしろ、言ってしかるべきと判断したのか、かなりきつい口調だ。

「――――っ、なんですって」

　見るからに年下とわかる響一に言われて、河井も憤慨する。

「河井さん。悪いのは私たちです。結果はどうであれ、本当のことを隠して来てもらった。嘘をついて今日の仕事をしてもらったのは私たちですから、香山さんたちが怒られても、ここは」

　そんな河井を常務が窘《たしな》めるが、それがかえって響一の感情を逆撫でした。

「勘違いしないでください、森岡常務。俺はそんなことで怒ってなんかいません。どこまで勝手なんですか、あなたたちは。履き違えるのも大概にしてください」

一際大きくなった声は、一瞬にしてその場の空気を凍らせた。

「俺が腹を立ててるのは、通常披露宴じゃやらない、不向きだってわかってるメニューや演出を選択し、実際にやったことです。俺たちの実力をはかりたいなら、むしろシミュレーションで呼んでもらったほうがよかったぐらいです」

怒りに満ちた響一を止められる者は、この場にはない。

「なぜなら、場内には小さいお子さんが何人もいたんですよ。大人なら注意できることが、まだちゃんとできない。母親たちだって、他に気を取られれば、うっかりすることだってある。そういう子供たちがたくさんいたのに、なんで魚の仕上げに高温のオイルなんかかけさせるんですか？　ソルベでフランベなんかさせるんですか？」

香山にしても黙って聞いているだけで、止めに入ろうとした中津川を逆に制したほどだ。

「ましてや、ウォーマーの温度設定を間違えたかと思うような肉の皿とか、プレートだとか。万が一にも子供が触れて火傷をしたらどうするんですか？　子供じゃなくても酔った大人だって、その可能性はあるでしょう？　だから、俺は怒ってるんですよ。来賓のためだなんて大間違いだって。本当にそう思うなら、花嫁が常に高砂にいるほうが、どれほどいいかって！」

そう、今日のことで怒っていたのは、響一だけではない。香山をはじめとするスタッフ全員だ。

それは単に、仕事がやりにくかったから起きた憤りではない。些細《ささい》な危険が大きな事故を招く怖さに対して、なんの危惧もしないのか、配慮もないのかという、静汕荘側への不信による怒りだ。

「なぜなら、来賓は祝福しに来てるんであって、食事をしに来てるわけじゃない。根本から考え方がおかしいですよ。あなた、心からお祝いしに披露宴に行ったことはないんですか？　常に仕事目線でしか見てないから、一番大切なことがわかってない。それとも、そもそもベルベット・グループって、そういう価値観のホテルだったんですか？」

しかも、それにベルベット・グループまで関わっていたのかと思えば、いい大人が揃いも揃って何をしてるんだということになる。

それも、世界が認めたホテルグループがと思えば、呆《あき》れる以上腹が立つ。

こんなホテルに〝もてなしの心〟を謳ってほしくないと。

「どうしたんですか？　何かあったのですか？」

だが、そんな最悪な状況に現れたのは、仕事終わりの彼らに感謝を伝えに来たのだろう、森岡だった。

「――森岡社長」

しかも森岡には連れがいた。響一は、驚きで目を丸くする。

「っ、あなたは⁉」

「圏崎社長！」

河井が思わず名前を呼んだ。

「社長⁉」

「ベルベット・グループ本社の社長、圏崎亨彦氏とその秘書のアルフレッド・アダムス氏だ。きっと、仕事で来日してたんだろう」

困惑気味で香山に訊ねるも、香山は目が合った圏崎に会釈をしながら、響一をこれ以上ない怒りの底へと突き落とす。

『ベルベット・グループの…、社長？　この人が？』

プレジデントで、そして静汕荘で、二度も会ったことにはわけがあった。

単なる偶然ではなく、圏崎が起こした必然だった。そう思うと、響一は腹が立ちすぎて目頭が熱くなってきた。

「本日は本当に、ありがとうございます。お疲れ様です。で、いったいどうなさったんですか？

うちの者たちが何か失礼なことでも？」

「いや、それがその…」

「おかげさまで、言葉もないほど最悪です」

おそらく森岡社長は知らなかった。祖父との関係を常務たちに上手く利用されただけで、場合によっては河井の披露宴だったことさえ、聞かされていなかったかもしれない。

それはなんとなくだが、響一にもわかった。

「響一っ」

だが、そんなことはもう、どうでもよかった。

「それに、たった今、わかりました。先日赤坂プレジデントにいらしてたのは、俺たちの実力を直接見るためだったんですね？　プレジデントの何を見に来たわけでもなく、単に香山の仕事を確認しに来た。そうですよね？」

響一は他の誰でもなく、圏崎個人に向かって言い放つと、さすがに香山や他の者たちさえ驚かせた。

「なのに、あれだけじゃ満足できなかったんですか？　それと二人や三人見たところで、納得できなかったんですか？　だとしても、これは少しやりすぎですよね。がっかりしました」

まるで魔法を見ているようだった。

神が降りてきたかと思うようなテーブルセットだった。

高度な技術とそれに負けない愛情を感じて夢中になっただけに、響一は圏崎の仕事に心を奪われた自分さえ嫌になってきた。

「あなたには技術はあっても心がない。お客様に対しても、サービスという仕事そのものに対しても、本当は何もなくて、カラカラで。河井さんもそうですけど、結局あなたも根本的にリービス精神というものを履き違えてるとしか思えない。それでホテル経営だなんて片腹痛いです」

今朝出会えたことで、多少なりにも話をしたことで、ますます惹かれていた分、その反動は思いのほか大きなものだった。

「俺は、二度とあなたには関わりたくない。ってか、どいつもこいつも本当に最低！　こんなホテルもベルベットも、もうどうにでもなっちまえばいいんだ！」

職場で失望を覚えたのは、これが初めてのことだ。

響一は感情のままに吐き捨てると、今にも零れそうな涙を堪《こら》えて、その場を去った。

「っ、お響」

「兄貴！」

すかさず響一のあとを追ったのは、現役ＴＦ。

「あ、待って」

「うるせぇ！　お前ら本当に最低！　大嫌いっ!!」

アルフレッドが咄嗟に響也を引き止めたものの、その手は力いっぱいはたかれた。

『――――っ？』

珍しく困惑を隠せなかったアルフレッドが、圏崎を振り返る。が、真っ向から罵声《ばせい》を浴びた圏崎のほうが、明らかに動揺している。

「か、香山社長!!　これはいったい？」

森岡は、何がなんだかわからず、香山に縋った。

「すみません。うちの者が取り乱しまして、大変失礼いたしました」

香山は自分の元に残った九人を従えつつ、まずは社長として森岡に頭を下げた。

「しかしながら、今回ばかりは私もあの子に同感です。祖父と森岡さんとのご縁は別として、残念ですが今後うちの者をこちらに派遣することは考えさせていただきます」

その上で、この場に居合わせた関係者全員に向けて、自身の判断を告げた。

「上に立つ者として、社員や部下を守らなければならないと思う気持ちは、皆さんたちとなんら変わらない。ウォーマーの管理一つできない。もしくは当然のようにあり得ない温度設定をした

ウォーマーに入っていたトレイで料理をまかせるようなホテルには、危なっかしくて、うちの者はよこせませんから」

言葉だけでは気が収まらなかったのか、香山はまだ片付けられていないウォーマーまで歩くと、中に残っていた仕切り用のプレートを一枚を引き出した。

ギュっと唇を噛《か》みしめながら、あえてそれを持ったまま圏崎の前まで歩み寄る。

「――――響一じゃないですけど、私も残念です。あなたにもベルベット・グループにも期待していたものがあった分、非常に」

ここで圏崎と面識があったのは、響一と香山だけ。香山に至っては、以前プレジデントの社長を通して紹介されていたこともあり、響一とはまた違った意味で無念さを覚えたのだろう。最後に手にしたプレートを渡して、その場からは立ち去った。

中津川や中尾、残りの七名も軽く会釈はしたが、香山のあとを追うように、この場から消えていく。

「なんなんです？　いったい何のことを言ってるんです？」

未だに困惑し続ける森岡に、圏崎は手渡されたプレートを差し出した。

「このことのようです」

「え？　熱っ!!」

顔色一つ変えずに出されたプレートを受け取るも想像外の熱さに、森岡はまともに受け取ることができずに、即座にそれを落とした。

「すでに電源が切られたウォーマーの中で、これだけの熱を残してるなんて。肉をまいていたときのプレートがどれほど熱かったのか、想像を絶しますね」

それを拾ったアルフレッドは、自身の手で感じて、顔をこわばらせた。

と同時に、先ほど自分の手を振り払った響也の手が赤く見えたのは、決して見間違えではない。おそらくこれのためだったのだろうと気づいて、胸が痛んだ。

「ちょっと貸してください。――――え？　そんな馬鹿な。切り分けてあるローストビーフを盛るのに、あり得ない。いったい、なんでこんなことに。故障か？」

プレートはアルフレッドの手から、常務の元へと回された。

さすがにこればかりは覚えがないらしく、誰よりも混乱している。

「でも、問題はそれだけじゃないようですね。この進行でこの料理、しかもこのプレゼン。本当ですか？　それに、新婦・河井って…。まさかここまで大がかりなやらせで彼らを全員呼び出したなんて、言いませんよね？」

その間にも、圏崎はホワイトボードに書き残された今日の進行、様子を目にして顔をしかめた。

「はい。もちろんです。これは私自身の本当の披露宴です。社長たちが、実際彼らがどこまでできるものなのか知りたいとおっしゃっていましたし、私も日本支社の一人として知りたかったので、独断で利用しました。それに、こちらの専務さんも、一度それ相応のものを見せてもらえれば、人材のことに関しては納得する、今後は協力も惜しまないと約束してくださったので」

自分なりにできる仕事を成し遂げた。その自信と姿勢を崩すことのない河井の主張には、こうなると溜息さえ出てこない。

「シミュレーションならまだしも、本物でやったなんて…。なんてことだ。社長、すぐに追いかけましょう。今からでも彼らの誤解を解かないと大変です。彼らは、このプランを我々が承知していた、もしくは企《くわだ》てた首謀者と信じてますよ。いくらなんでも、こんな非常識な騒ぎに我々まで巻き込まれるのは不本意です」

アルフレッドは、黙り込んだ圏崎に進言した。

はっきり非常識だと言いきられて、河井や常務たちも口を噤《つぐ》む。

だが、それでも圏崎は首を横に振るだけだった。

「いい。言い訳は見苦しい。どんな経緯があろうと、この披露宴は行われたあとだ。そして河井は日本支社の社員で、この静汕荘はこれからベルベット・グループの傘下に入るホテルだ。その責任者として、俺が軽蔑《けいべつ》されるのは当然だ。それぐらい、これはお客様への安全と配慮に欠けた内容だ。サービスしたのが彼らでなければ、どんなミスに繋がっていたかわからない。お客様に、どんなご迷惑をかけることになっていたか、想像もしたくない内容だからな――」

いずれにしても、この場で一番上にいるのは圏崎だ。

「社長」

今となっては森岡でもなければ、他の者でもない。

知らなかったでは通らない。たとえこれからでもすべての事情を理解し状況を把握して、謝罪に行くのはそれからだ。半端な理解で謝罪するのは、かえって相手に失礼だ。

そう思わせるほど、圏崎にとってもこの披露宴はあり得ないものだった。

夢かやらせであってほしいと、今からでも願ってしまいそうなことだった。

『技術はあっても心がない。がっかりした…か』

ただ、それとは別に圏崎が気落ちしたのは、響一からぶつけられた怒りの言葉だった。

『半泣きで軽蔑されたのは、さすがに初めてだ。まるで、天国から地獄に落とされた心境だ』

数時間前に交わした笑顔、交わした会話が嘘のようだと思う。

〝あなたにもう一度会えたらいいなって思ってたんです〟

圏崎は、チャペルで向けられた響一のはにかんだ笑顔が、怒気にまみれ、侮蔑《ぶべつ》さえ含んだものに変わってしまったことが、痛ましくてたまらなかった。

『天国から――――』

他の誰でもなく、彼にあんな不似合いな顔をさせてしまったのが自分なのだと思うと、ただ切なくて、悔しくて仕方がなかった。

5

このたびの首謀者である専務と常務を従えた森岡が、改めて香山の元へ謝罪に訪れたのは翌日の夜のことだった。

あえて日中を選ばなかったのは、響一が平日事務所に顔を出せるのが、学校から帰宅したのちに限られるから。それを知っていた森岡は、正式な謝罪をするなら響一にもしたい、また誤解を解くなら響一も一緒でないと困るのだと切望し、電話を受けた中津川の計らいで、どうにか二人を前に膝を折るまでに至った。

三人は、案内されたソファに腰を下ろすことなく、その足元に正座し、土下座に及んだのだ。

「は？　圏崎社長は何も知らなかった？　たまたまグループ傘下の件で森岡さんに会いに来ていただけで、あの披露宴のことは何も知らなかったんですか？　我々が揃ったところを視察に来たわけじゃなく、たまたま居合わせていたっていうんですか？」

そして、これだけはと念を押すように、圏崎の一件を事細かに説明した。

「はい。そうです。私と会う前に、館内で偶然響一くんと会ったとはおっしゃってました。なので、私がこちらにお願いした事情を伝えた上で、少し見に行ってみますか？　とお訊ねしたんです。しかし、それはいいとおっしゃって。香山さんたちなら、どんなメニューでもそつなくこなされるのはもうわかっているし、見たいのは山々だが、今日は静汕荘の今後について話し合うために時間を取って来たので、そこに徹しましょうと言われて。披露宴が行われていた時間はずっと、私と話を詰めていました。なので、私共親子への叱咤《しった》や罵倒《ばとう》はいくらでも受けますが、どうか圏崎社長に関しての誤解だけは解いてください。あのお二人と我々のことは一緒にならないでください!!」

「――――…だってよ」

香山は、どうしたものかと思い、響一に話を振る。

自分が圏崎に対して謝るのは造作もないことだった。圏崎にしても、ここで公私混同はしないだろう。個人的に何を思ったところで、香山も圏崎も経営者だ。少なからず表向きの体面だけは守れる大人同士だ。

しかし、

「知らないよ、そんなの。だったら自分で言い訳すればいいじゃないか。森岡さんに言わせるなんて、かえって幻滅。腹立つだけですね」

話を聞けば聞くほど、響一の態度は悪くなる一方だった。

いつどこで圏崎と知り合ったのかは香山にもわからないところだが、響一は圏崎に対して他とは違う思いを持っていた。それを裏切られたと感じたから、昨日はキレた。そのことだけはなんとなくわかるので、香山もどうフォローしていいかわからない。

昨夜はさり気なく中津川に声をかけさせ、探らせたが、響一には「何も話したくない」と拒まれて、驚いたぐらいだ。さすがにこれはそっとしておくのが良策だ――――。そう二人で判断したぐらいだったので、むしろここで蒸し返されては逆効果だろう。

「いや、そうじゃないんだよ、響一くん。彼は、河井くんが日本支社の人間であり、今回の披露宴の片棒を担いでいる限り、自分にも彼女の管理者としての責任があるからと言って……。いっさい言い訳する気はないんだよ。こちらにも改めてお詫《わ》びに伺うと言っていたが、彼は私たち静汕荘の分まで含めて責任を背負うつもりでいた。だから、それだけはと思って、私が」

もっとも、香山でさえ持て余しているのだから、今の響一に理解を求めるのは、森岡では難しいだけだ。しいて言うなら、それができるのは圏崎本人だけだろう。

響一は自分でも言ったように、ことの真相を聞くなら圏崎から聞きたかっただけだ。

こんな形で知らされたところで、嬉しくない。たとえ自分が言いすぎた、勘違いして悪かったと思ったところで、それを森岡たちに見せたいとは思っていない。むしろ、見せてホッとされたらもっと腹立たしいという気分なだけだろうから、これればかりはどうにもできない。

「なんにしても、今回のことはうちの責任です。息子たちの話を鵜呑《うの》みにしてここへお願いに来てしまった、私の責任です。なので、どうか我々三役の引退に免じて、圏崎社長のこと、そして静汕荘とその社員たちのことだけは、許してもらえないだろうか。この通り――」

とはいえ、さすがにそうも言ってられなくなった。

「さ、三役引退って。そんなことしたら、誰が今後の静汕荘をやっていくんですか?」

突然退陣表明をした森岡に、ずっとそっぽを向いてた響一が、慌てて振り返る。

「それは、すべて圏崎社長にお任せしようと思ってます」

「圏崎社長に？」

「はい。彼は若いが真のホテルマンです。彼と話をしていると、まるで昔の香山と話をしているような錯覚を何度も起こしました。それぐらい、いつでもお客様の立場で考えることを忘れない、そこに徹した男です」

ようやく響一と目を合わせることができて、森岡はそれだけでも、心なしか安心したようだ。

「どちらかと言えば、息子たちより頑固な私が頭ごなしにベルベット・グループを拒まなかった、今となっては傘下入りするしか静汕荘には生き残る道がないだろうとまで思うようになったのは、ただただ、彼の魅力に捕らわれたにすぎません。一部では、彼は歴史には優しいが人には厳しい。再建を謳ったリストラ王なんてことも囁《ささや》かれていますが、決して鬼でも悪魔でもない。ただ、我々に事実を証した上で、選択を求めるだけなんです」

圏崎の人柄を語る目が熱い。

これは単に、響一や香山に圏崎への理解を求めるというよりは、森岡自身が話したいだけだろう。いや、圏崎を知る者として、それを自慢したいだけかもしれない。

「経営が衰退したのは、今いる一人一人の力が足りない、もしくは使い方を間違えているからだと。精一杯やっていると思うのは自己満足や身内の評価であって、実際できないから結果として衰退に繋がってきた。まずはその現実に向き合い、理解し、本当の意味でのベストな自分を手に入れるために、個々が足りないものは補い、力の使い方を正し、向上を図る必要がある。それさえできれば、無闇に人は切らない。静汕荘の社員に関しても、一定の研修期間は設けるので、べストな自分に、ベルベットが求めるレベルにぜひ達してほしい。ただ、そのためにも、まずはサービスというものがどういうものなのかを真剣に、一人一人が真摯《しんし》に見直してほしいと要求してきただけですから」

同じようなことなら、河井も確か言っていた。

だが、申し訳ないが河井が言うのと森岡から聞かされるとでは、まるで重みが違っていた。

彼女の口から語られるのと、森岡が直々に圏崎から聞かされたという前提で話すのでは、まるで話の印象が違って聞こえる。

「なので、香山さん。響一くん。どうか昨日のことに関しては、私たち親子の退陣に免じて、許してほしい。圏崎社長たちへの誤解を解いて、今後の静汕荘、そして社員たちとの繋がりは残しておいてほしい」

それは森岡にしても圏崎にしても、仕事に対しての価値観が同じだから。サービスに対しての思い、理想が同じところにあるのが、聞いているだけでわかるからだ。

「君たちから許しを得なければ、どんなに圏崎社長が頑張ったところで、静汕荘は消えるしかない。たとえ再建に踏み切ったところで、公の場で君たちが〝最低の烙印《らくいん》〟を押したホテルなど、業界では見向きもされない。それどころか、このままでは圏崎社長の評判さえ落としかねない。うちのために、これから再建を考え、果たそうと頑張っている他のホテルの足まで引っ張る結果になりかねない」

しかし、

「だが、それをするぐらいなら、私の代で静汕荘は終わらせる。私も、そこまで覚悟は決めてきたので、このとおりだ」

「ちょっ、それはいくらなんでも…。別に、配膳事務所一つが撤退したからって、どうしたらそこまで話が大きくなるんです？　そもそも静汕荘は社員だけで回してきたんだし、まともな派遣が入ったのだって昨日ぐらいなのに、大げさですよ」

だからこそ、響一は思いきりがよすぎる森岡に手を焼いた。

香山にしても、その場に居合わせた中津川たち社員にしても、何もそこまで――といおうか、そんな話に自分たちまで巻き込むな――といおうか、いずれにしてもそんな理由で退陣されるのは迷惑だ。少しはこっちのことも考えてくれと、喉まで出かかっている。

「そういう問題じゃないんだよ。これは友人香山がつくり、そして君たちが守り通してきた信用が大きいからなんだよ。これまでホテル側と揉め事なんか起こしたことがない、ましてや絶縁宣言などしたことのない香山配膳が静汕荘を最低と評価し、切った。そうなれば、それが業界内での評価になる。しいてはベルベット・グループ一号店としての評価になり、二号店以降の足まで引っ張ることになりかねないんだよ」

それにも拘らず、森岡は笑みさえ浮かべて雄弁に語った。

「そんな馬鹿な」

「君たちからすると、そう言うしかないのかもしれないが…。我々ホテル側の人間は、どんな評論家や来客のコメントよりも、現場に来た君たちからの評価に怯《おび》えてるのが現状だよ」

一瞬誰の話をしているんだろうと思わされそうだが、よくよく考えれば森岡は先代の友人だ。実際蓋《ふた》を開ければ、友人という名の筋金入りの香山信者だ。

「君たちがそれほどサービスに関しては、容赦がないから。常にベストを尽くしているから、そんな君たちと同等に仕事ができているだろうか、動きやすい現場を維持できているだろうかっていうのを、常に各社の部屋持ちは意識しているし、そこを基準にしているといっても過言ではない。と同時に、各社は君たちを通して他社を見ている。自分のところがライバルに劣っていないかを秤《はかり》にかけて、確認しているからね」

これはもう、どうすることもではない。

きっと今の森岡を落ち着かせられるのは、どうせなら最後まで面倒見ていけよ、勝手にアルジェリアに戻るなよと言いたい、先代香山のみだ。

ようは他社へ行こうが、中尾をセーブできるのは香山だけ。今の現役を抑えられるのは響一だけという、武士の忠義にも似た主君への絶対崇拝だ。

「香山クラス――――。最高のサービスレベルを、各社の宴会課の幹部たちは、そう呼んでいるよ。Aやスペシャルでもなく、香山クラスと。それが君たちへの賞賛であり、評価だ。そして何より、絶対的な信頼と、その証だ」

このままでは埒《らち》が明かない。どうしたものか。

誰もが本気で思った矢先に、玄関先からピンポーンという助け舟。

「誰だ？　今頃」

「俺が出る!!」

響一は、一瞬この場から逃げようとした香山を押しのけ、猛然と玄関へ走った。

「はい――――っ」

助かった。ついでにこのまま逃亡してやれと思って扉を開けたが、そこに立っていたのは、よりにもよって圏崎とアルフレッド。そういえば、森岡がお詫びに来るの来ないのと言っていたが、二人の手には菓子折りが入った袋がいくつも持たれている。

「突然お邪魔してすみません。先日は大変失礼しました。改めてお詫びに参じたのですが、香山社長はいらっしゃいますか？」

逃げるどころか、これではますます逃げられない。

「…っ、はい。どうぞ、中へ」

響一は、すぐに目を逸《そ》らして二人を奥まで誘導した。

『叔父貴かよ』

本当なら、開口一番「ごめんなさい」と言ってしまえば、それですむ。勘違いでしたと言ってしまえば、それで再び笑い合える気もするのに、圏崎が訪ねてきたのが香山晃。社長であって響一ではないと知った途端に、ムッときて言葉が出なかった。

「お詫びなんて、とんでもない。今、森岡社長から事情を伺っていたところです。むしろ、謝らなければいけないのはこちらのほうです。とんだ勘違いをしてしまって…、失礼なことを」

結局、話はすべて会社と会社。社長と社長でカタがつけられ、響一は蚊帳の外だ。

「本当にすみませんでした。響一。ほら、お前も謝れ」

「っ……」

これでは保護者同伴で謝罪をしいられる悪ガキといったい何の違いがあるんだと、余計に機嫌が悪くなるだけだ。

「いえ、お願いですから、謝らないでください。彼が怒ったことも、そして香山社長がおっしゃったことも、至極当然のことばかりです。悪いのはすべてこちらです。私の管理不行き届きです。むしろ、もっと怒られてもいいぐらいです。昨日のことに関しては…、不覚でしたではすまないことですから」

「圏崎社長」

どうしようもない疎外感。

「――――わかりました。では、昨日の披露宴の件に関しては、こうしてお詫びいただいたということで、私共も水に流します。あの場での失言は、私も取り消させていただきます。二度と、静汕荘にうちの者はやらないといったことは、お二人に謝罪すると共に撤回いたします」

入っていけない大人の世界。

「どうか、今後も香山配膳をよろしくお願いいたします。人手が足りない際には、お声をおかけください。できる限りの努力をさせていただきますので」

響一は、現場では感じたことのない空《むな》しさを覚えると、いつしか香山の傍を離れて、リビングから出ようとした。

そのまま黙って帰ろう、別に自分がするべきことは何もない、そもそも今日は森岡が謝罪したいと言うから出向いただけで、それがすめば用なしだ。あとは勝手に三社のトップがどうにかする。お互い不利益にならないよう、顔色を窺いつつも、歩み寄りの姿勢に入るだけだ。

今後自分は一切関わらなければいいだけだ。そう思って――――。

「あ、香山社長」

「なんでしょうか」

「彼と、響一さんのほうとも、少し話をさせていただきたいんですけど、よろしいですか？　その、彼には個人的に謝罪しなければならないこともあるのもので……」

しかし、そんな響一をしっかりと見ていたのか、圏崎は慌てて引き止めにかかった。

「あ、どうぞ。響一！」

「……っ」

これから談合にでも入るのかと思いきや、その場をアルフレッドに任せて、圏崎は響一の元へ歩み寄ってきた。

「ちょっと、外に出ようか。ここじゃなんだから」

そして、響一とはあくまでも個人的に話がしたい、できれば香山たちの目がないところでとはっきり伝え、響一を事務所の外へ連れ出した。

『――――圏崎さん？』

とはいっても、圏崎にとってここは香山の事務所があることしかわからないような、まるで土地勘のない場だった。

しかも、これから出るだろう話の内容からして、近くで珈琲でも飲みながらというムードでもなければ、それほど長話ができる時間もない。

どうしようかと迷った末に、二人はマンションの屋上に上がることにした。

すっかり日が落ちて、少し肌寒い気もするが、周囲に見えるイルミネーションが美しい、そんな場所に落ち着いた。

「改めて、香山響一さん。昨日は、本当に申し訳ありませんでした。何から何まで、すみません。本当にごめんなさい」

圏崎は、辺りに人気《ひとけ》のないその場に立つと、響一に向かって頭を下げた。

『え？』

謝罪というよりは陳謝だった。

もともと姿勢がよく、綺麗なお辞儀をするだけに、響一はその姿に驚きながらも感動を覚える。

これまでどれほど多くのホテルマンを見たかわからないが、やはり圏崎は別格だと感じた。こんなに美しい謝罪を、響一は一度として見たことがない。

「手は、もう大丈夫？　火傷したって聞いたけど、赤みは引いた？　よかったら見せてもらえるかな？」

だが、二つ折りにした身体を戻すと、圏崎は突然両手を向けてきた。

立ちつくす響一の手を取り、街の明かりを頼りに、火傷の痕がないかを確認してくる。

「だっ、大丈夫です。別に、もうなんでもないです」

いきなりすぎて、手を引いた。響一は、あまりのことに心臓が飛び出るかと思った。

「――ってか、なんでごめんなさいとか…。それに、怒るのはそっちでしょ？　謝らなきゃいけないのは俺のほうだし」

圏崎に手を摑まれたこと自体は嫌な気はしなかったが、だからといっていい気もしなかった。手を取られた瞬間、響一は妙に鼓動が騒ぎ立って、身体が芯から熱くなった。

恥ずかしいと感じることが恥ずかしい――そんな覚えのない感情が起こって動揺した。それこそ自分の両手を後ろに組んで隠してしまうほどだ。

が、圏崎には、それが拒絶に取れたのだろう。行き場を失くした両手を寂しそうに引っ込める。

「いや、昨日のことに関しては君が怒るのも当然だと思う。あんなひどいサービスをさせてしまって。何を言われても、たとえ殴られても、俺は甘んじて受けるしかない」

響一は、ますます落ち込んだ圏崎を、どうにかフォローしようと思ったが、こうなるとどこからその話に切り込んでいいのかもわからない。

「でも、あれは別にあなたが企画したわけでも、やらせたわけでもないんでしょう？　なのに、どうして言い訳しなかったんですか。少なくとも、俺は君たちを見に来たわけじゃないって。今日は別の仕事で来ただけだって。あの場でそう言ってくれれば、俺だってここまで話が大きくなるような捨て台詞なんて残さなかったのに。少なくとも、その場で、すみませんぐらい言えたし。そしたら森岡さんだって、引退するまで言わずにすんだと思うし」

「引退？」

「森岡社長が、昨日の責任を取って引退するって。専務と常務と三役揃って静汕荘から引退するから、どうか…許してほしいって言ってきて」

そもそも言いたいことがありすぎて、また言わなければいけないこともありすぎて、響一は話の流れに任せてしまうしか、術がなくて困った。

「けど、あのとき俺が一番腹を立てていたのは、何も考えてないサービスをやらされたことより、それをあなたが黙認したんだって思ったからで。あんなにすごくて綺麗な仕事する人が、こんなこと平気でやるんだって思ったからで。あの場にあなたが来なければ、俺もあそこまで怒らなかったかもしれない。半分は、個人的な八つ当たりだって、今なら思うから…」

果たしてこの流れで、新たに生じてしまった誤解は解けるのか？

先ほどの手には、驚いただけで嫌がったわけではない。そんな、普通に考えたらいちいち説明が必要かどうかもわからないことで、響一はまた一人でぐるぐるとしてしまう。

「――――でも、あのプランそのものは最低だったと思うだろう？」

「それは、そうですけど」

「なら、結果は同じだよ。俺に言い訳できることは、何一つない。むしろ、これからは静汕荘を見ていくうちの一人になるんだから、宴会のプログラムぐらい確認しておけって言われても、そうでしたとしか言いようがない。少なくとも、あの場に君がいたことだけは知っていたんだから、森岡さんに頼めば君がどんな仕事で来ていたのか、紙の上だけでも確認することはできた。それさえしていれば、多少なりにもあれ？　って…思うぐらいはできたはずだ」

話の主導権が圏崎に移ると、響一は少しホッとした。

「なんせ、新婦に河井の名前を見つけた時点で、多少は首を傾げるだろうし。食事のメニューにしても、これの何が難しくて君たちを呼んだのか。特に風変わりな名前の料理があるわけでもないけど、どういうサービスやプレゼンがあって、静汕荘の宴会課ではできないと判断したのかってことを、追及するぐらいはできる立場だからね」

後ろに組んだ手をどうしたものかと迷いつつ、圏崎の言葉に必死で耳を傾ける。

「けど…、俺は話半分で聞き流した。むしろ森岡社長自身に、いざというときに君たちを呼べるだけの縁なり伝《つて》なりがあったのかと知って、手放しで喜んでしまっていた。それなら今後のお願いもしやすいかもしれない。少なくとも、ベルベット・グループから頼むだけでは無理かもしれない融通を、森岡社長を通じてなら利かせてくれるかもしれないって、そういう邪《よこしま》な思いに捕らわれていたから、肝心な確認を怠《おこた》った。静汕荘の社員ではできないような披露宴っていう、もっとも見逃してはいけない部分を見逃した」

圏崎は、香山たちには告げることのなかった自分の思いを、響一には教えてくれた。

「だから、謝るのは俺でいいんだ。謝らせてもらわなければ、むしろ困るんだ。君にはちゃんと許してほしい。このまま、会社同士のこととしてうやむやにはしたくない」

どうして言い訳しないのか、また、できないと思ったのかを響一にだけは包み隠さず教えてくれた上で、許してほしいと真摯な姿勢を見せてきた。

「あんな披露宴は、今後二度としないし、絶対にさせない。これからは俺自身がもっと目を配るから、どうか許してほしい。この通り」

響一は、心のどこかで圏崎が必要以上に説明してくれるのは、自分が香山の身内だからかもしれない。仮にもトップサービスマンだからかもしれない。もしくは子供だから？

そんなことも思ったし、それ以上に、そうでなければいいともすごく願った。

「俺が許したら、あなたも許してくれるんですか？　俺の大暴言…。根に持ったりしないんですか？　あれだけボロクソに言ったのに」

単純に、ただ単純に、圏崎にとって自分が喧嘩《けんか》をしたくない相手、誤解をされたくない相手、こんなことで失くしたくない相手だと思われているなら、どんなにいいか――と。

「なんのこと？　君に何か言われた覚えはないけど」

すると圏崎は、何食わぬ顔をしてニコリと笑った。

これまで見せたことがなかった、どこかとぼけた笑顔。

だが、とても親しみやすくて新鮮だ。何より優しくてホッとする。心も身体も温まる。

「あ、チャペルで褒めてもらった記憶ならあるかな。宴会のテーブルセットがよかったって」

響一は、昨日からずっと抱えていたわだかまりが、この場でスッと消えていくようだった。

怒りと共に込み上げた、どうしようもない悔しさ。そして、悔しさのあとに込み上げた、何ともいえない後味の悪さ。

「――…っ。ごめんなさい。本当に、本当にあんなこと言って、ごめんなさい。すみませんでした！」

昨日は堪えて流すことのなかった涙が、この場では思わず零れそうになった。

それを見られたくなくて、咄嗟に身体を二つに折る。

「だから、謝らないでって言ったのに」

「でも、俺とんでもないこと言ったから。俺のほうが最低だし、もう、どうしていいのか…わからない。それぐらい、ひどいこと言ったから」

圏崎を困らせながらも、なかなか顔を上げられない。

「そんなこと言ってたら、きりがないよ」

「でも、何も知らなかった圏崎さんに…、俺…」

「じゃ、こうしよう。お詫びの代わりに、俺からの頼みを一つ聞いてくれる？」

だが、突然の申し出に、響一は仕方なく身体を起こした。圏崎にはわからないように目元を拭《ぬぐ》ってから顔を上げた。

「――なんでしょうか？　スケジュールのこと以外なら…。それはさすがに、俺には決定権ないので。あ、でも…、仕事以外で俺に頼みたいことなんかないか…」

この期に及んでどんな頼みだったのだろうか？

聞く前から断ってしまうのでは、顔を上げた意味もない。

響一は、またしまったと思う。

「いや、そんなことはないよ。よかったら今度、食事に付き合ってほしい」

しかし、響一の想像はことごとく覆《くつがえ》された。

「え？」

「仲直りにちょうどいい、ぜひ一緒に食べてほしいものがあるんだ」

圏崎は響一を食事に誘ってきた。これは想像もできなかった展開だ。

仕事の終わりに誘い、誘われることはあっても、そこを飛ばして家族以外と食事をしたことは一度もない。

学友たちと遊びに出かけたついでに食事をすることはあっても、食事を目的にこうして声をかけられたのは、どう記憶をたどっても、響一にはこれが初めてだ。

「――――一緒に食べてほしいもの？」

「君が発案したらしい、松阪牛の灼熱の恋、ドラマチックソース仕立て」

「は？」

しかも圏崎は、何があっても響一が断れないメニューを、真顔で言ってきた。

「いや、アルフレッドが…、うちの秘書がね。君が言ってたらしい〝雄雌セットの肉〟っていう発想を聞いて、とてもユーモアがあるって気に入ってしまったんだよ。それで、今度面白いから一度作って食べてみようかって話になって」

昨日は怒りに震えた〝松阪牛の灼熱の恋、ドラマチックソース仕立て〟だが、今はただただ好奇心をくすぐる至高の一品だ。壊れたウォーマーよりも響一を熱くしそうな、魅惑さえ感じる創作料理だ。

「どう？　一緒に試食しない？」

「…っ、はい！　それならぜひ」

この誘いだけは、断れるはずがなかった。

「よかった」

そうでなくとも、初めてときめきを覚えた〝テーブルセットの神〟が、とびきりのジョークを交えてくれたお誘いだ。どんなに頭をひねったところで、響一が断る理由は一つも出てこないだろう。

ただ、そうはいっても、決して暇を持て余している二人ではないだけに、この約束が叶うまでには十日近くかかった。

その間、響一は浮かれたり不安になったり、これまでにはない感情の起伏を味わった。

圏崎の誘いだけに、ドレスコードはどの程度だろうか？

やはり気が変わったとか、忙しすぎてキャンセルになることはないだろうか？

寝ても覚めても響一の頭の中は、次に圏崎と会う日のことでいっぱいだ。

本人無自覚だが、周りは遅い春でも来たのかと、困惑気味なほどだった。

それだけに、いざ当日の夜を迎えたときには、完全に地に足がついてないような状態で、夕方アップだった派遣先――ホテル・マンデリン東京《とうきょう》のエントランスで待ち合わせをしたときには、むしろ敵前逃亡したくなってきたほど緊張も高まっていた。

『もうすぐ約束の時間だ…』

時計を見ながら圏崎を待つ響一は、香山からお下がりでもらったＳＯＣＩＡＬのカジュアルスーツに身を包んでいた。

これならどこに連れていかれても、圏崎に恥をかかせることはない。多少カジュアルな店でも、またノーネクタイでは入れないような店でも、幅広く対応できる。

「お待たせ」

「——————！」

そして、これまでにはない気遣いをしまくった響一のために圏崎が用意したのは、知り合いが経営しているという高級ステーキ専門のレストランでの会食だった。

待ち合わせ場所からほど近い銀座《ぎんざ》の隠れ家《が》的なその店は、雑居ビルの地下にあり、響一が想像したようなレストランや、ホテルのラウンジにはない家庭的なムードと、なのにワンクラス上の上品さを感じさせる、大人びた空間が演出されている店だった。

「——じゃ、あのウォーマーは、結局故障してたんですか？　俺、てっきり嫌がらせだと思ってました。さすがに演出だけで、ここまではできないだろうって。どんなシェフでもメインの肉に熱が入りすぎるようなリスクを背負ってまでやる演出なんて考えづらいし。これは、絶対に俺たちへの嫌がらせだって。リニューアルに関して内部で揉めていたって聞いてたので、きっと誰かが八つ当たりでやったんだろうなって…」

しかも、客足も多い日曜の夜だというのに、店は二人のために貸し切られていた。

これはアルフレッドが自らサービスに当たるというサプライズを実行するために、オーナーに協力を求めたものだった。

「そりゃ、あそこまでいろいろ出されたら、そう思っても不思議はないよ。むしろ、そう思いながら、仕事中は一切の不平不満を口にしなかった君のほうがすごいよ。うちのアルフレッドだったら、今にも溺れそうな鶴を見たところで、シェフに駄目出ししてるよ。もう少しメレンゲを硬くするか、それができないなら鶴を軽くしろって。これじゃキープするのにも限界がある、そんなこともわからないのか無能って、罵声を飛ばしてる」

「ひ、秘書さんが…ですか？」

「アルフレッドの前職はシェフ・ド・ランなんだ。だから、料理にもサービスにも精通していて、場合によっては俺より厳しい目でキッチンとホールを見ているよ。むしろ、俺では気づけないところまでくまなく見ているから、うちのホテルのシェフたちからは、一番怖がられてる存在かもね」

「それは、そうでしょうね。でも、シェフ・ド・ランから社長秘書ですか。それもすごいな」

最高の店に、最高の食事。

その上、これ以上は何も望むことができないだろうという、最高のシェフ・ド・ランが二人のためだけに接客に当たり、響一は至高の時間を堪能した。

この際、どちらが雌でも雄でも構わない。

二種類の極上松阪牛から作られたハート形のレアステーキを、ドラマチックでスパイシーなソースでいただき、当たり前のように出されたヴィンテージの赤ワインに舌鼓を打った。

何よりどんなホテルやサービスの話をしても途切れることがない。驚くほど話が合うという一番の愉しさを味わいながら、響一は夢のようなひとときを圏崎と共有していた。

「ただ。だからこそ、ここだけの話なんだけどね。君がプレジデントのテーブルセットを見て、俺だけを褒めたって言って、あとから拗ねて大変だったんだ。他はともかくテーブルセットで自分より俺が評価されるのは我慢ならないって。本気で悔しがって、宥めるのに苦労したよ」

「――――…っ。すみません。全然、気づいてなくて。そう言われたら、秘書さんに頼んだテーブルセットの確認さえしないでスルーしてました。あ、でも…それって確認の必要がない、完璧なセットだったからこそ、逆にする～っとしちゃっただけで…って、言っても、きっともっと怒りますよね。うちにもシェフ・ド・ランからコミ・ド・ランになった高見沢っていうのがいるんですけど、やっぱり胸張って言ってますよ。これだけは社長にも負けない、お前にだって負けない自信があるって。それでも俺から見ると、圏崎さんのほうが神だった気がしますけどね」

会話にも慣れてきた頃には、ほろ酔いで染まった頬を隠すこともなく、またその胸中を隠すこともなく、圏崎の手を幾度か止めた。

「っ…っ」

響一は、何気なく自分で言ってみて、今の心境にこれほどしっくりとくる言葉はないと思った。

どうしてこれほど圏崎と過ごす時間が嬉しいのか、またドキドキしてたまらないのか、夢中なのか。それはきっと、あの日一目で圏崎の魅力にまいったからに他ならない。

「あ、もう…。これってファン心理かも。あまりに印象が強かったから…、それで」

同じ仕事に携わる者として、すっかりファンになっていたからこそ、こんなにも彼の一挙一動に揺れ惑う自分がいるのだと。

「――……、そう。でも、その心理なら俺も理解できるよ。これまで見てきたどんなサービスより、君のサービスが一番印象的だった」

すると、そんな響一に圏崎も同じ思いを告げてきた。

「いや、これまでに出会った誰より、君自身が印象的だったから」

「っ…っ」

「ね、響一。これって、二人が出会うべくして出会ったってことなのかな？」

いや、同じだと思ったが、微妙に何かが違っていた。

何が違うとは言いきれないが、自分と圏崎のファン心理が同じものには思えない。たとえ軽く酔っていても、それだけはなんとなくわかる。

「――っ、ど、どうでしょう。俺にはちょっと、まだ難しい話かな。それより圏崎さんは、アルバイトからこの仕事に入ったんですよね？　それって、やっぱり宴会のサービスだったんですか？」

響一は、本能的に一番安心できる話題に切り替えた。

「いや。部屋の清掃係から。だから未だに一番得意なのはベッドメイクかな」

だが、それが自ら墓穴を掘ることになるとは、思ってもみなかった。

「べっ、ベッドメイクですか。じゃ、だからクロス掛けがあんなに綺麗だったのかも。布が綺麗にふわっと舞って…、あれすごかったな～。うん、すごかった」

「――ならもう一度見てみる？　これから」

微妙に違うと感じていた自分と圏崎のファン心理。

だが、ここまではっきりと言われれば、さすがに何がどう違ったのか、響一でも理解できる。

圏崎は、完全に見て見ないふりを決め込んでいたアルフレッドの前で、堂々とテーブル上に置かれていた響一の手を取り、握りしめたのだ。

「クロスじゃなくてシーツのほうが、もっと上手くさばけるよ」

彼にしか言えないだろう極上の口説き文句を、響一に真っ向からぶつけてきた。

「…はい。それはぜひ」

何が「はい」で「ぜひ」なんだか、自分でもわからない。

ほどよく回ったアルコール、整えられたシチュエーション、どれもこれもが響一を酔わす至高の品々だが、それでも目の前にいる男の魅力には敵わない。

出会ったときから〝神〟と崇《あが》めて心酔しきった響一に、ここぞとばかりに勝負をかけてきただろう圏崎の誘いを躱せるわけがない。

「社長。本日これにて上がらせていただきます」

「――ああ。ありがとう」

響一はその後、圏崎と二人きりになると地下のレストランをあとにした。

圏崎に誘導されるまま、再びホテル・マンデリン東京へと足を運んだ。

『家に、メールだけは入れておかなきゃ…。今夜は帰れないって』

仕事で出入りすることはあっても、泊まったことなどなかった最高級のホテル。

その中でも最高だろう一室に招かれると、響一ははしゃぐ余裕さえないまま、寝室まで誘導された。

キングベッドが置かれた高貴な空間に、身も心も飲み込まれていった。

＊＊＊

『どうしよう。どうせ、いつかはたどる道か？　けど、こんなに簡単についてきちゃって、軽いって思われないかな？』

仕事柄もあり、お城のような装飾に彩られた空間には慣れ親しんでいた響一だったが、さすがに今夜だけはそういうわけにはいかなかった。

考えるまでもなく、自分は圏崎とはキスもしたことがない。もしかしたら、かけられた言葉の中に「好きだ」「付き合ってほしい」という意味合いの言葉はあったかもしれないが、だとしても響一はまだ彼とは手しか握ってない。それも一方的に握られて、握り返すことさえしていない。

なのに、それでこれかと思うと、飛躍しすぎていて笑うしかない。室内を見渡すふりをしながら圏崎を見ようとしないのは、単にどうしていいのかわからないからだ。

『いや、これで本当にベッドメイクを始めたら、俺はただの馬鹿だし…。圏崎さん、真顔であんなどぼけた料理を本当に作らせる人なんだから、ここまで来ても、シーツふわりだけの可能性は大だしな…』

しかし、どんなに目を逸らしたところで、耳には衣擦《きぬず》れの音が絡みついた。

圏崎は寝室に入ると、自らスーツのボタンに手をかけ、上着を脱いだ。

ベッド脇に置かれたカウチソファに外したネクタイを一緒に置いて、相変わらず似合いすぎるベストコート姿で、響一の傍まで歩み寄ってくる。

開襟されたシャツの狭間《はざま》から覗く男の喉元が、そして鎖骨《さこつ》のラインが、こんなにセクシーだと感じたのは初めてだ。

「あの、これ…剝《は》いじゃっていいんですよね？　いっそ、ぐちゃっとしてみます？」

初《うぶ》な肉体に、微かに欲情が湧き起こる。

「今しなくても、明日の朝には確実に乱れてると思うけど」

それが恥ずかしくて、ごまかしたくて、響一はベッドのシーツを剝ごうかとジェスチャーしたが、そこは笑ってすまされた。

むしろ、圏崎には余裕があるように取られたかもしれない。

「――――ですよね」

そうするうちに、背後から長い腕を回されキュンとした。

「響一…」

伸び盛りを自負していた響一だったが、圏崎は更に長身だった。

よもや自分が同性に抱き竦められる日が来るとは思わなかった。これまでに、何度となく香山と中津川の抱擁を目にしたことはあったが、不思議と香山に自分を重ねたことは一度もない。どんなに似ていても、ここだけは似ないだろう。そう思い込んでいた分、響一は今になって、なんだか不思議なデジャブを感じていた。

『も、無理だ。まな板の鯉《こい》だ』

自分を抱きしめる圏崎の姿は見られるが、自分の姿はわからない。急に、今の自分がどんなふうに映っているのか、不安になる。サービスだけではなく、食にも目の肥えた圏崎に、果たして自分は美味しく見えるのだろうか？

自分が香山ほどの大人だったら、視線一つで艶《つや》を生む。微笑一つで最高のラブメイクができると思うが、生憎響一にはそんな手管はない。目を見て笑う余裕さえない、こればかりは完全なビギナーだ。

『これって、食後のデザートみたいなものなのかな？』

圏崎は、まるで壊れものでも扱うように優しく抱きしめると、しばらくは響一の肩に顔をうずめた。わずかに露出された首筋に、そして外耳にキスをしてきた。

『大人の火遊びとかって感じ？』

そうする傍ら、後ろから前に回った手元が、スーツの前を探っていく。解放された前を探ると、今度はデザインシャツのボタンに触れると一つ一つ外していく。何もかもがスムーズで、パーフェクトだった。響一は、彼が手にしたグラス一個、飾り皿一枚も、まかれるときにこんな気分になるのだろうかと、想像してしまう。

『だとしても、逃げられない。逃げたいとも思えない』

絶え間ない動揺と好奇心は、そうでなくとも高ぶる鼓動を激しくした。

外耳からこめかみへ、そして頰へと唇が滑る頃には、立っているのも心もとない状態だ。

『これって、好きってこと？　俺が、圏崎さんに恋しちゃったってこと？　仕事だけじゃなく、本人そのものに、心酔しちゃったってことなんだろうけど――』

ゆっくり向きを直されると、今度は額《ひたい》にキスをされる。

なんだか焦《じ》らされているようにも思えて、それでいて消えることのない不安もあって、響一は戸惑ううちに両目を閉じた。

それを合図と受け取ったのか、圏崎の唇が響一のそれに触れてくる。

『出会うべくして出会ったたって、本当かな？』

息もできないまま、閉じた瞼《まぶた》に力を入れた。

すると、瞼の裏には思い出したように、ふわりと舞ったテーブルクロスが浮かんだ。

寸分違《たが》わずまかれた飾り皿、洗練された身のこなし、それを操る生まれながらの極上なルックス。

何より手にした小物一つに対する愛情が溢《あふ》れているのがわかるのは、圏崎の持つクオリティーの高さの表れだ。響一を一目で虜《とりこ》にした、圏崎自身の魅力でもある。

「感じてる？」

瞼を震わせる響一に、圏崎は囁くように訊ねてきた。

「…ん」

響一は、小さく首を前に倒して、もう立っていることも辛《つら》いのだと仕草に出した。

「意外に正直なんだ」

「嘘なんかついても、バレるだろう」

からかうように笑った圏崎が、なんだかとても憎らしかった。

相手はすでに成熟した大人で、高校生の自分とは違う。

仕事のことなら負ける気はしないが、こればかりは初体験。見栄《みえ》は張れない。その術さえわからない。

「だね。これじゃあ、ごまかしようがない」

どんなに意地悪く笑われても、すでに反応し始めたシンボルを落ち着かせることなど、響一にはできやしない。

「やっ」

ズボンの上からとはいえ、大胆に触られ、握り揉まれて響一は思わず圏崎の胸を押し退《の》けた。

「どうして？　いいんだろう？」

「いいのと恥ずかしいのは別だろうっ。俺にだって、羞恥心《しゅうちしん》ぐらいはあるんだよっ」

頬から耳まで真っ赤になった響一を、圏崎はククッと笑って、抱きしめ直す。

「本当に、正直だな。もっといろいろしたくなる」

そのあとは容赦なくベッドへ誘導。覆い被さり、組み伏せて、一層激しく口づけてきた。

「んんっ、や…っ」

応じる術がわからず、逃げまどう。

別に、何が嫌というわけでもないのに、どうしてかその言葉が言いやすくて、いやいやばかりをしてしまう。

「嫌より、もっと。そう、強請《ねだ》られたい。俺を欲しがって、響一」

言葉の間に口づけられて、いつしか衣類も剝がされる。

広々としたキングサイズのベッドに逃げ場はあっても、この腕からは逃げられない。

この眼差しには、釘づけにされるしかない。

「綺麗だな。本当に、瑞々《みずみず》しくて、しなやかで。無駄なものが一つもない」

響一は、慣れないキスと愛撫に翻弄《ほんろう》されるまま、いつしか一糸纏わぬ姿で圏崎に愛されていた。

「嘘。無駄口ばっかり叩くって、本当は思ってるでしょう」

「そんなこと一度も言ってないだろう。確かにこの口は小憎らしいことも言ってくれるけど、間違ったことは言わない。サービスを重んじる者にとっては正論だ。そう思えることばかりだ」

思いつきだけで会話をするが、どうにもこうにもままならない。

至高のサービスを掲げる男の奉仕は、ベッドの中でも完璧だ。ずいぶん前から弄《いじ》られ、焦らされ続けている響一のシンボルは、今にも粗相をし、泣き出しそうだ。

「ここまで気持ちよく同意できる相手は、そういない。響一、君は俺の理想そのものだ」

それでも未だに達することなく膨らみ続けているのは、不安があるからだろうか？

「それって、理想のサービスマンってこと？　仕事に関してだけは、誰より好みって…意味？」

こんな展開になってしまったからこそ、圏崎が自分をどう思っているのか知りたい。

自分と同じ気持ちでいてくれるのかを確認したい。

そんな気持ちが寸前のところで邪魔をして、響一をなかなか絶頂へは誘ってくれないからかもしれない。

「そんなこと言われたら自惚《うぬぼ》れるよ。全部好きだ、惹かれてる。もっと知りたい、愛してるって言葉を心待ちにされてるって」

圏崎は、少し困った顔をしながら響一の顔を覗き込む。

「――――なんか、それってずるい言い回し」

「そうだな。否定されるのが怖いのかもしれない」

響一に彼の戸惑いはわからない。

「正直に伝えて、何一人でテンション上げてるんだって。これぐらいのことで、俺が本気になると思うなよって。この嘘のない唇から発せられることに怯えてるのかもしれない」

言葉の端々から好かれていることは感じ取れるが、自分と同じほど、もしかしたら自分以上に圏崎のほうが不安そうにしているのが響一には不思議でならない。

「それって、俺が遊び人ってこと？　好きでもない相手とこんなことするって、疑われてるってこと？」

やはり、安易な行動に出すぎたのだろうか？

あまりに簡単にここまでついてきてしまったから、かえって気持ちを疑われているのだろうか？

「いや。君が素敵すぎるから、本能が警戒してるんだろう。これでも傷つきやすいんだ。深入りすればするほど反動が大きい。だから――」

いや、そうではない。

やっぱり圏崎も気持ちは響一と同じなのだ。

「やっぱりずるいな。そんなふうに言われたら、逆に有頂天になる。圏崎さんが俺のこと、そんなに好きでいてくれるんだって。自惚れちゃうよ」

「なら、ぜひそうして」

好きだからこそ、不安が伴う。

あまりに上手くいきすぎて、心のどこかで「大丈夫なのだろうか？」と疑問がよぎる。

きっとそうに違いないと実感し、響一はやはりこの言葉は必要だろうと思った。

「ねぇ、せーので同時に好きって言うの駄目？　そしたら、お互い怖くない。変な疑心暗鬼にもならない」

どんなにニュアンスでわかり合っても、結局はただのニュアンスだ。

一番わかり合える言葉に敵うはずがない。

「そうだね」

響一は、「せーの」と小さく呟くと、二人で「好きだ」と言い合った。

「好き――――。どうしよう、好きだよ」

一瞬にして心も身体も熱くなる。なのに、ふわりと軽くなって、解放される。

「俺、圏崎さんが好き。こんな気持ち、初めて」

響一は、どうしていいのかわからないまま持て余していた両腕を伸ばすと、ようやく圏崎の首へ回して自分からも抱きしめた。

こうして見るとスマートに見える圏崎の身体に、程よい筋肉がついているのがわかる。

自分よりも逞しく、抱かれている意識が強まり、響一は心と身体が望むまま、全身全霊で圏崎からの愛に応えた。

「俺もだよ、響一」

「これ以上乱れても、いやらしいって思わないで…よ。抑え方、わかんないだけだから」

微かに圏崎の鼓動が速まった。

「そのサービス精神は天然だね。そっちこそ、あとで軽蔑はなしだよ。こんないやらしい男だと思わなかったって、拗ねるのはなし――――」

圏崎は鼓動に急《せ》かされるようにすべての衣類を寛《くつろ》げると、完成された肉体を直に見せつけるようにして、再び響一を組み伏せてくる。

やはり完成された圏崎の肉体は、響一のものより頑丈だ。肩も胸板も厚みが違う。

その腕に、胸に堕とされていく自分が、子供だという以上に弱い存在に思えてならない。

なのに、欲望を抑えきれなくなった圏崎は容赦がない。

「ぁあっ…っ、んっ！」

すでに弄り回して、口づけて。さんざん潤した秘所にペニスをあてがうと、最初は静かに、だがすぐに強引に響一の中へと入り込んで、猛《たけ》り狂った欲望を軸にした。

二つの肉体を力づくで一つにした。

『痛いっ。痛いし、きついし、熱い…っ』

肉体が引き裂かれるような痛みは、響一が味わったことのないものだった。

『なのに、興奮のが勝ってる。悦《よろこ》びのが勝ってる』

しかしそれと同時に、他人の肌に包まれながら浸る悦楽、こんな愉悦があることを知ったのも今夜が初めてのことで、響一はいつしか夢中になって圏崎の動きに合わせていった。

素直な気持ちで圏崎に溺れた。

『気持ちいい――――。圏崎さんの肌が、抱擁が気持ちよくて、どうにかなりそう』

圏崎が施す愛撫、快感、何より極上なサービスに溺れて、至福の夜を過ごす。

それこそ圏崎が自社の謳い文句にしているようなベルベッドに包まれる心地よさ、濃紺のビロードのような優しい夜に包まれて、二度と訪れることのない至高の初夜を耽溺した――――。

どんな仕事よりも、昨夜は疲れた。高揚した。興奮した。そして快感を覚えた。

響一は、身も心もそう訴えてくる中で、充実した朝を迎えていた。

「おはよう」

甘美すぎるモーニングコールは、こめかみでチュッと音を立てるキスだった。

これだけでも鼓膜から脳まで蕩けそうだと思うのに、目覚めた響一の枕《まくら》は圏崎の腕。ずっとこうしていてくれたのだろうか、圏崎のフリーな左手は響一の右手を摑んで、今も絡んだままだ。

「おはよう」

昨夜は勢いに任せた、流された感が拭えなかったが、響一はようやく確信できた。

今日から二人は恋人だ。香山と中津川のようなベストカップルになれたのだ。

同じ仕事に同じ趣味、二人でいると会話も何も尽きない。そんな公私共に寄り合える最高の恋人同士になったのだと、響一は朝日の中で実感した。

「よく寝てたから、どうしようか悩んだんだけど、何も聞いてなかったから起こしたんだ。今日の予定は？　仕事の入りは何時から？」

「あ、ありがとう。今日は別に――――っ」

ただ、どんなに甘い朝に酔ったところで、現実は厳しかった。

「しまった。今日から中間テストだった。すぐに帰って学校行かなきゃ」

響一は慌てて圏崎の腕から起き上がると、気だるさばかりが残る身体を駆使して、まずは時間を確かめた。ベッドサイドに置かれた備えつけのデジタル時計の数字を確認、その場で移動時間の計算をした。

「中間、テスト？」

「そ。早く卒業したいよ。面倒くさい」

時間にはまだ余裕があった。これからシャワーを浴びていったん帰宅、その後制服に着替えて登校しても、遅刻することはまずない。

昨夜予定していたテスト勉強はできなかったが、そこで慌てるぐらいなら、そもそも日中仕事には出ていない。圏崎とのデートだって先延ばしだ。

こればかりは日頃の勤勉のたまものだが、響一は遅刻さえしないとわかれば、特に慌てることはしなかった。

ベッドの中央に戻って、もう少しだけ甘えてしまおうと、圏崎の元に寄り添っていく。

「っ、まだ大学生だったのか」

だが、それを迎えた圏崎のほうは違っていた。響一の何気ない一言に身体を起こすと、かなりビックリした様子で、今更なことを確認してきた。

「大学だったらもう少し自由だろうけど、高校は制約が多いから」

「高校？」

「そう。俺、現役バリバリの高校三年生。四月生まれだから、もう十八だけど」

今一度腕に収まった響一はご機嫌で気づかないが、まさかここで高校生だと言われることは想定していなかったのだろう圏崎は、二の句が継げず固唾を呑んだ。

「――――」

朝になったら、寝乱れたシーツを直すプレゼンでもして喜ばせようか、それとも一緒にシャワーでも？

そんな予定を崩壊させた圏崎の脳裏に渦巻いていたのは、ひと月前のやり取りだ。

香山ＴＦの資料を手にしたアルフレッドが、まるで鬼の首を取ったような顔で笑っているのが目に浮かぶ。

しかも、こんなときに限って、響一から目を逸らした圏崎の視界に飛び込んできたのは、寝乱れた寝具の一部に残った色鮮やかな血痕《けつこん》だ。

『――――』

これぞバージン・ショック。もはや事態を回避するための言葉も浮かばない。

圏崎は、朝日の中で一際眩しい笑みを浮かべる響一に、これまでは感じなかった幼さを見出《みいだ》した。嘘でも冗談でもない。彼は、まだ紛れもない高校生なのだ。

「あ、そうだ。昨日言ってた静汕荘の件。今後、何名か引き連れて常備につけないかって話だけど、テスト終わるまで返事待ってもらえる？　誰かに当たるにしても、叔父貴に相談するにしても、少し時間が欲しい内容だから。俺は学生のうちは常備は無理だし」

たった今受けている圏崎の衝撃などわかりようもない。響一は、痛みが残っているのだろうお尻をさすりながらも、至って元気な様子だ。

すっかり忘れていた十代のパワーを見せつけられて、圏崎はますます肩を落とした。

「それは、君に任せるよ。そのつもりで相談したしね」

「ありがとう！　じゃ、ちょっと気合い入れてテストを片付けるね。一応やることはやらないと、今後仕事に出させてもらえなくなっちゃうから」

昨夜まで遠慮がちにつけていた「です」「ます」がなくなるだけで、こんなに印象が違うのか。どうして気づかなかったんだと思ったところで、事実は事実だ。現実は現実だ。

「そう。えらいね。仕事と学業を両立してたなんて」

無意識だろうが、圏崎の意識や視点が、すっかり親父寄りだ。どんなにまだまだこれからだ、今が盛りの青年実業家だと息巻いたところで、現役高校生の艶々、ピカピカには敵わない。

三十に片足を突っ込んでいる圏崎から見れば、十代と聞いただけで太刀打ちできない、もはや別世界の生きものだ。

「でしょ♡　でも、アドレス聞いてるし、ちゃんとメールはするから安心して。俺、これでもマメなほうだから、絶対に寂しい思いはさせないから」

よもや高校生から安心を促される日が来ようとは…。

「ああ」

圏崎は、こんなに朝日が目に眩しいと感じる日が来るとは、思っていなかった。

胸に痛いと感じたことも、これまで一度としてなかった。

6

恋が芽生えたばかりの二人を引き裂く中間テストは、月曜から金曜までの五日間ほどだった。

「香山、やけに浮かれてるけど、なんかいいことでもあったのかよ」

「あれ、わかる？　極上な彼氏ができたんだ〜」

「へー、って、彼氏⁉」

「そ。大人なんだよ、これが。ふふ」

「――――…っ」

実に開けっ広げな響一の爆弾発言は、ものの数分で全学年に広まった。

どこからともなく悲鳴や怒号、号泣が聞こえてくるのは、決して気のせいではない。

花嫁よりも美しい配膳人は、高校の制服を着ていたところで、綺羅《きら》で眩い存在た。それが男子校ともなれば、花嫁候補そのものだ。

教員室にまで肥大したこの話は、今回のテストが過去最低の平均点になることを教師たちにまで悟らせた。中にはショックで倒れた新米教師もいたらしいが、すでにそのとき保健室はカオスの状態だった。おそらく今日のことは、魔の月曜日事件として長く語り継がれることだろう。

『ふっふ〜ん』

当の本人は、一日中鼻歌交じりで春めいていたが――――。

ただ、そうはいってもこんな皮肉な五日間、浮かれきった響一に耐えられるのだろうかと思いきや、意外や意外。響一にとって、この五日間はこれまで生きてきて一番楽しいテスト期間、何が来ようが意気揚々とやり過ごすことができる、下手をすればテスト用紙がピンク色にさえ見えるような極上な五日間となった。

『あ、失敗したな。写真撮らせてもらえばよかった。こっちも送るから送ってって頼んだら、送ってくれるかな?』

なんせ、これが普段の日なら、いちいちメールに書くような出来事が毎時間起こるなんてあり得ない。あったとしても、学校内での話題では、社会人の圏崎にはいまいちピンとこないだろう。だが、テストの話ならなんの前置きもいらない。この教科がどうだったとか、あの教科がああだったとか、むしろ誰が聞いてもわかりそうな話題が毎時間できるわけだから、響一にしてみれば渡りに船だ。メールを打って送るには、一番簡単でわかりやすくて、読む側にとっても「そうか そうか」ですませられる、都合のいい話題ということだ。

『駄目だ。似合わない。考えられないや。自分で撮るのも誰かに撮ってもらうのも。圏崎さんはそういうキャラじゃない』

おかげで響一は休み時間ごとに、短いメールを打っては送信した。

表題には必ず「レス不要♡」の文字が打たれて、仕事中の相手に返事は求めない、一方通行で構わないことを示して、圏崎にテストの報告メールを送り続けていた。

『次に会ったら、一緒に撮らせてもらおう。そのほうがいいよな、きっと』

ただ、見られるものなら顔が見たい。記憶をたどるのではなく、この目で見たい。

しかし、いきなりメールで写真が欲しいとは言えなくて、響一は思い立つまま検索をかけた。

『あ、あった。さすがはアメリカンドリームを手にしてた若きホテル王。探せばいくらでも出てくる。完全にビジネスモードだな。カッコイイや』

ベルベット・グループと圏崎――――キーワードはこれだけで十分だ。

画像付きの新聞記事からベルベット・グループのＨＰに至るまで、響一の携帯電話の中には、あっという間に圏崎の情報が読みきれないほど溢れた。

『でも、俺には違う顔を見せたんだよな。セクシーで、エッチで、甘い顔』

そうして、集めた画像の中から一番気に入ったものを待ち受け画面に設定。携帯電話を開けばいつでも笑顔の彼と対面できる状態にすると、これまで事務連絡にしか使われてこなかったそれは、一番の宝物になった。

『会いたいな』

開けば響一に笑顔をくれる、まさに魔法のアイテムとなった。

「…っ、そうとう重症だな」

「遅咲きの恋だからな」

「とはいえ、彼氏って」

さすがにそこまで舞い上がられると、学友たちも見ているしかなかった。

「彼女じゃないのかよ、彼女じゃっ!!　百歩譲って年増《としま》女に騙《だま》されたっていうならまだしも、大人な彼氏ってなんなんだよぉ。彼氏でいいなら別に同い年でもいいじゃないかっ」

「馬鹿言え、大人の意味が違うんだよ」

「どんな意味だよ」

「ただ年食ってるだけの男に、香山が靡くはずないだろう？　なんせ、あの超ナイスルッキングな黒服軍団に囲まれて育ってるんだぜ。しかも才色兼備の。凡人相手なわけないじゃないか」

もともと響一の周りがすごいことは、誰もが知ってる有名な話だ。

特に、文化祭を見に来た仕事仲間と称する集団が現れたときには、近所の執事喫茶が空になったという伝説までできたほど、十人十色の美形集団だ。

そんな中で培われた響一の好みだけに、学友たちはそれなりの相手だろうとは想像した。

「駄目だ、太刀打ちできない」

「どした？」

「香山が待ち受け用に男の画像ダウンロードしてたんだけど、どっかで見た顔だなって思ったら、凱旋《がいせん》帰国中のホテル王だった」

「――――ホテル王？」

「米国ホテル界でアメリカンドリームを掴んだ、今日本で一番有名な青年実業家だよ。あまりに色男なもんだから、ワイドショーでも特集されっぱなし。ほれ、これだ」

が、それでもこれは、軽く想像の域を超えていた。

「香山の面食い」

「男は顔じゃねぇぞ！」

「そんなの、地位も名誉もある奴が言ってなんぼの台詞だな」

「どうして天は二物を与えるんだーっっっ」

むしろ、相手があまりに天上人だったおかげで、わめく、騒ぐでことがすんだ。

「それにしても、お前らでさえこれじゃ、あいつはもっとすごいことになってるだろうな～」

ただ、学友の一人が心配した〝あいつ〟の怒りは、やはりこんなものではなかった。

「信じられねぇ!!　何が意気投合したから付き合うことになっただよ！　なんで兄貴がよりにもよって、あんな男と！」

事務所で暴れ狂っていて、器物損壊。早速集まっていたＴＦメンバーの兄貴分たちに羽交《はがい》締《じ》めに遭っていたのは、誰であろう響也だ。

「嫌な予感、的中だな…。やけに突っかかりすぎると思ってたんだよ。響一にしては、絡みすぎだって…。ようは、もともと気が合ったってことなのかな？」

「うーん。ただの成金実業家ならこうはならないだろうけど、相手はベッドメイク係からの叩き上げホテルマンだからな～。しかも、すんだことには言い訳しないタイプだ。あらゆる角度から見ても、ありゃ響一のツボだな」

「何、納得してんだよ、お前ら！　だからって、こんなの許せるわけないだろう。兄貴は俺たちのものなんだぞ。この香山のトップなんだ。それをあんな奴に――――。だいたい、忘れるなよ。あの男は静汕荘を先駆けに、日本のホテル業界を乗っ取ろうとしてるんだぞ。何がベルベット・

グループだ、胸糞悪《むなくそ》いっ」

他の八人はそれぞれ大人な意見に大人の視点で様子を窺っているが、丸ごとお子様な響也にとっては天変地異だ。突然大好きなお兄ちゃんを攫《さら》われたとしか思えない、何一つ納得などできない大事件だ。

「どうどう。落ち着け」

「これが落ち着いてられるか！」

「なんにしたって、これぱっかりはどうにもなるまい？　馬に蹴《け》られて終わりだぞ、響也」

「だったら蹴られる前に蹴ってやる！」

こうなると、高見沢どころか香山が言ったところで聞きやしない。

「とりあえず！　仕事に支障が出ない限り、俺たちが響一のプライベートをとやかく言うのは変だろう？　少し様子を見るしかないって」

「様子を見てるうちに、アメリカにでも連れていかれたらどうするんだよ」

「いくらなんでも、いきなりそうはならないって。響一はまだ高校生だぞ。少なくとも卒業するまでは――――…？」

それでも高見沢は諦めずに言ってみた。が、改めて口にしてふと気づく。

「どうした？」

「圏崎っていくつだっけ？」

「確か三十近いんじゃねぇのか？　今をときめくアラサーのはずだぜ」

「三十って…、犯罪じゃねぇかよ！」

何を今更という話だが、年の差を数えたくても、両手で足りない。片手で足りないまでならともかく、両手はまずいだろうとクールなキャラをかなぐり捨てて、罵声を上げた。

「だから、さっきから俺が言ってるじゃないか！　落ち着いてられることじゃないって。しかも兄貴の奴、あいつに会いに行って朝帰りしやがったんだぞ。雄雌セットのステーキ食うのに、なんで朝までかかるんだよ！　二頭丸焼きで食ったたっていうのかよ！」

だが、ここまでバレると大人たちは潔い。

「朝帰り？」

「終わったな」

「やられたな」

「俺たちが守るものは、もうなくなった――――解散するか～」

「響一は族のマスコットか。いい加減にしろ」

すっかりしょぼくれてしまった男たちに活を入れるのは、やはり社長の香山だ。

溜息交じりに煙草《タバコ》を出すと、珍しく火を点けた。ああは言っても可愛い甥っ子の行く末を案じているのか、響也同様実は怒っているのか。なんにしても機嫌がよくないのは見てわかる。今以上最悪なことにならないように、高見沢たちもこれ以上は語らない。

「それにしても、勇者だな」

そのつもりだったが、デスクに向かっていた社員の一人が、溜息交じりにぼやいた。

「響一、何に対しても勢いあるからな～」

「そっちじゃねぇよ。圏崎のほうだよ」

「圏崎？」

「確かに響一は一人前に仕事こなすし、見た目だけなら十分大人って感じだけど。それでも高校生は高校生だぜ。俺にはそんな勇気ないよ」

圏崎は勇者だと、これはこれで感心しているようだ。

「恋は勇気でするもんじゃないだろう」

「そうか？　けっこういると思うけどな、ジェネレーションギャップを超える勇気って」

過去にそんな経験、そして痛手でもあるのだろうか？

ふいに浮かべた笑顔が妙に切なくて、一瞬誰もが目を伏せた。

「とにかく交際反対っ。兄貴もステーキで釣られるって、食い意地張りすぎ！」

ただ一人を除いてだが、珍しく香山の事務所から笑顔が消えた。


一方、圏崎は日本支社が入ったオフィスビルとは別に、すでに自分専用のオフィスを長期契約している宿泊中のホテルに構えていた。

支社には支社長を置いている。自分が同じ場所に居座れば気を遣うだろう。かといって、まだまだ支社だけではできない根回しや情報収集をするのは、圏崎が自分に課した役割だ。

少しでも支社の者たちが動きやすいよう、各ホテルのオーナーたちとコンタクトを取り続けるために、圏崎は香山配膳ともっとも縁が深いホテル、マンデリン東京のロイヤルスイートを自宅兼オフィスとして利用していたのだ。

『仕事中とは、まるで別人だな。無邪気な顔して…。これ、自分で写したんだよな？』

メインの寝室以外に、客間だけでも三部屋あるここなら、アルフレッドや付き人との共同生活でも、個々のプライバシーが守られる。

『初めからこんな顔を見せられてたら、少しは警戒しただろうに。まさか、高校生とは思わなかったもんな』

たとえ一時間ごとに届くメールを眺めて溜息をついたとしても、誰かに見られることはない。

『しかも――――』

〝こんな気持ち初めて〟

〝抑え方がわからない〟

『あそこで気づけなかったのは、一生の不覚だ。あれは極上なリップサービスじゃなくて、本心から言ってたんだろうし…』

もっとも、それは寝室に入ってしまえばの話で、オフィスとして使っているリビングの一角にいるときでは、あまり意味もない。

「いつまでそうしてるんですか？　どんなに携帯と睨み合ったところで、送られてきた彼の制服姿が私服になるわけじゃないですよ。いっそ、どこかのホテルの制服だと思い込んでたらいいじゃないですか」

傍には常にアルフレッドがいる。秘書であると同時に、最高の給仕も務めてくれる彼が激励の意味も込めて淹れてきたのは、世界一希少な珈琲、コピ・ルアック。

「人事《ひとごと》だと思って」

テーブル上に置かれたそれに感謝をしつつも、圏崎はなかなか携帯電話を手放せない。

これまでだったらアルフレッドに預けっぱなしで、まず自分が持つことなどなかったアイテムだったのに、人間変われば変わるものだ。恋は偉大だと、アルフレッドも声を大にして言いたくなる。

「そりゃ人事ですよ。私はあなたと違って、何もいい思いはしていません。松阪牛の雄雌肉を揃えさせられたり、それを調理するステーキハウスの手配をさせられたり。しかも全部それを私のアイデアってことにされて――。知らないところで、ただの変わり者の烙印を押されたようなものですからね。ついでに言うなら牛は雌のほうが美味です。次に去勢雄、通常雄ですから、あえて雌と雄をセットで出すなんて、私なら遠慮します。そこ、おわかりですか？　ご指示とはいえ、そうとうの譲歩ですよ」

さすがにそれは言えないので、彼特有の皮肉を言ってみる。

「悪かったよ、それは。何度も謝っただろう」

「真に受けないでくださいよ。言ってみただけです。私も便乗して松阪牛を堪能しましたから、そこはチャラでけっこうです」

これは重症だとわかるだけで、結局激励にも奮起剤にもならなかった。

それならばと口にしたのが、逆療法。

「ただ、さすがに時期が悪いです。個人的には応援したいですが、あなたの秘書としては、そうも言っていられない。こんなときに高校生をたぶらかしたなんてことが世間に知れたら、格好のスキャンダルです。せっかく静汕荘が再起動し始めたのに、このままではリニューアルオープンどころの話じゃなくなる。ま、彼の年をわかっていながら伝えなかった、それどころか後押しをしてしまったのは、私の初歩的なミスですが」

アルフレッドは、なぜか煮えきらない態度の圏崎に発破《はっぱ》をかけるように、わざと手厳しいことを言ってみた。

「――――お前のせいじゃないよ。何から何まで俺が迂闊《うかつ》だった。軽はずみだった。響一には申し訳ないが、別れる。やっぱり付き合えないって言って、謝るよ」

だが、てっきり反発してくると思っていたのに肯定されて、自分のほうが焦らされた。

まさか圏崎の口から「別れる」まで聞くとは思っていなくて、更に口調がきつくなる。

「やけにあっさりしてるんですね。いつもなら、うるさいメディアはお前が抑えろの一言ですませるのに」

少なくともこれまでの圏崎は、アルフレッドが言ってみただけのメディアやスキャンダルなど気にする男ではなかった。日本人の彼がアメリカで成功する、それも世界に名だたる名門ホテルが君臨する米国のホテル業界で一躍有名になるということは、それだけ敵も多く、根も葉もないバッシングにも耐えてきたということだ。

むしろ、何を言われて叩かれたところで、自分は正しいと思うことしかしていない。人に誇れる仕事しかしていないという姿勢を貫き、メディアが取り上げるたびに、広告宣伝費が浮いたなとほくそ笑む余裕さえあった。

しかも、誰もが認める成功者に上り詰めたときには、これもメディアのおかげと感謝を込めて、満面の笑みで皮肉ったことが逆に受けて、純粋に彼の応援に回るファンを一気に増やしたくらいだ。

「そうするしかないだろう。大事なときだ。会社以上に響一のほうが」

「え?」

だが、そんな強気な圏崎が気にかけていたのは、自分でもなければ会社でもない。ある意味無力な高校生だと知ってしまった響一のことだった。

『そう、大事なのは響一のほうだ。響一の未来のほうだ。十八なんて、まだ子供だ。むしろこれから人生を選択する大切なときだ。今の俺とは違いすぎる』

それも、アルフレッドが考えたことよりもっと身近な問題のために、圏崎は響一との決別を考えていた。

「あ、またですね」

そんな圏崎の気持ちを知ってか知らずか、今日も何通目というメールの着信音が響いた。

〝どうしよう。好き♡　会いたい〟

タイトルを見ただけで、熱くなる。

〝でも、我慢する。今は我慢するから、テスト終わったら時間つくって。五分でもいいから、そしたら俺、どこにでも会いに行くからさ♡〟

本文を読めば、今すぐにでも駆けつけたいという衝動が圏崎を襲う。

「駄目だ…っ。このギャップは卑怯《ひきょう》だ」

携帯電話を見ながら一人悶絶《もんぜつ》する主の姿に、アルフレッドは溜息もつけずに頭を抱えた。

そして、すっかり冷めてしまったコピ・ルアックを代わりに飲んだ。

『甘い――――』

別に自分がもらったメールでもないだろうに、アルフレッドは横から覗き見たそれにすっかり当てられてしまったようだった。

少し濃いめに淹れたはずのコピ・ルアックが、ただ甘い。

こんな甘美の中に圏崎が浸っているのだとしたら、別れはただ酷なだけ、悲劇なだけだなと思いながら――――。


「響一」

「圏崎さん！」

しかし、響一のテスト期間が明けると、圏崎は意を決してハンドルを握った。

自ら漆黒のメルセデスを走らせて、響一に会いに行った。

「嬉しい。まさか来てくれるなんて思わなかった」

あえて学校に迎えに行ったのは、制服姿の響一と会うため。そのほうがより現実的になれて、決心が鈍《にぶ》らないと考えたためだ。

「兼業ってことは、仕事のメインは土日だろうと思って」

「大概はね。パーティーとかで呼ばれると夜も行くけど、週に一度あるかないかだから。あ、それより見て」

思いがけないサプライズに、響一はナビシートではしゃいでいた。

すでに採点されて帰ってきたテスト用紙を手にして、パーフェクトな成績を報告する。

「すごいね。兼業とは思えない成績だ」

「浮かれて成績落としたって言われたくないから、毎晩徹夜したんだ。勉強と仕事さえきちんとこなしてれば、何してもうるさく言わないし。うちの家族」

響一が通う高校は、都内でも五指に入る進学校だった。中学高校一貫の私立で環境もよく、六大学への進学率も全国的に常に上位だ。

そんな学校で、土日だけとはいえフルタイムの仕事をしながらトップクラスの成績を維持するには、生まれ持った才能もあるだろうが、本人の並々ならぬ努力もあるだろう。

特に今回に関しては、響一自身も気を引き締めた。圏崎との付き合いを家族に認めてほしくて、それを形にするために努力したのだろう。

もっとも、家族からすれば、これとそれは別物だ。男と付き合うぐらいなら全教科赤点を取っても構わないと言うだろうが、そんな危惧をした圏崎に、響一は更に付け加えてきた。

「あ、ちなみにうちの社長、叔父貴も実は彼氏持ちだから変な心配はいらないよ。ようは相手の人間性がよければ、それでＯＫ。俺がいいと思う相手なら、老若男女問わずってことになってるから、心配しないでね」

身も蓋もなかった。

「――そう。ありがとう」

そうとしか言いようがなくて、圏崎も困った。

場合によっては、香山から「待った」がかかることさえ期待していたのに、どうりで何も言ってこないはずだった。もしかしたら、響一がひた隠しにしているのだと思っていたが、そうではないらしい。単に、言いたくても言えない立場に先駆者として立っていたのは、香山のほうだった。

やはり花嫁より美しい配膳人の呼び名は伊達《だて》じゃない。すでに嫁入りしていたらしい。

『本当に、仕事中とは別人だな。どうして気づかなかったんだろう。可愛いもんだ』

圏崎は、足回りのよいメルセデスを走らせながら、どこで話を切り出そうか迷っていた。

『――っ、いや。駄目だ。揺らいでどうする。俺は大人だ。相手は子供だ。それも芽生えたばかりの関係に、俺のような男に心酔してしまうような、まだまだ未熟な少年だ』

どうせなら、響一の自宅か香山の事務所近くのほうが安心か？

少なくとも、別れ話のあとに彼を一人きりにするのは躊躇《ためら》われる。

『ここからなら、事務所のほうが近いか?』

だが、そんなことまで考えていた圏崎の耳に、いつしか心地よさげな寝息が聞こえてきた。

『毎晩徹夜したんだ…か』

ナビシートでは、身を崩した響一がひとときの眠りに捕らわれていた。

足元にはテスト用紙を散らして、なんとも幸せそうな寝顔を見せている。

『――…響一』

それを見ているだけで、圏崎の顔には笑みが浮かんだ。

もう少し、せめてもう少しだけこの寝顔を見ていたいという願いが起こり、メルセデスを湾岸沿いまで走らせた。そうして、お台場近くの埠頭まで走ると、車を停《と》めた。

その穏やかな寝顔に誘われて、圏崎はシートベルトを外した。

もっと近くで見たくて、身を乗り出す。

「…chu」

あどけない寝顔にキスをしてしまったのは、本能だった。

どんなに理性で駄目だと思ったところで、心の底から愛しいと感じている自分はごまかせない。

この瞬間に覚える感動にしたって、禁を破った罪悪感ではなく男としての高揚だ。

もっと触れたい、愛したいという煩悩ばかりだ。

「圏崎さん…」

すると、突然のキスに驚き、響一が目を覚ました。

だが、こんなサプライズなら大歓迎。嬉しくて仕方がないといった響一は、照れくさそうに、だがそれ以上の喜びを表そうとしてか、自分からも腕を伸ばしてギュっと抱きついてきた。

もう一度して――そう強請《ねだ》るように、圏崎の唇を誘ってくる。

『心酔してるのは、俺のほうだ』

圏崎は、拒みきれない自分を責めながらも、響一と抱きしめ合うとキスをした。

そしてこれまでで一番長く、深く唇を貪《むさぼ》り合って、その歯列を割って舌先を潜り込ませて、大胆に絡め合っていく。

『…っ、嘘』

逃げまどう響一のそれを捕らえると、息も吐かせなかった。少しもがいたようにしがみつく仕草がなんともいえない。響一は圏崎の理性を壊し、本能ばかりを剝き出しにする。

『え？　このまま？』

我慢できないと感じたときには、ナビシートを倒して、覆い被さっていた。

「圏崎さ…っ、せめてシャワーとか。今日、暑かったし…っ」

困惑しながらも受け止めようとする響一が、憎らしいほど愛おしい。圏崎は、とうとう予防のつもりで目にしたはずの制服にまで手をかけた。

「必要ない。かえって響一の匂いがよくわかる」

ネクタイにブレザーという組み合わせは、この前と変わらない。

だが、胸元にエンブレムが縫いつけられたジャケットは、ＳＯＣＩＡＬの一着とは違う。本来響一が持っているだろう香山譲りのセクシーささえダウンさせ、ある意味一番響一を年相応に見せているだろうに、それでも圏崎の激情は止まらない。

「エッチ…っ。やらしいよ」

そんな圏崎の行動に戸惑いながら、響一は見る間に乱されていく自身を捩った。

「それってなんか、やらしいっ…っん」

はだけられた胸元にキスをし、ガチャガチャと音を響かせ、あっという間にズボンの前を開いて下着の中に手を入れると、すでに膨らみ始めたシンボルを握ったときには、「ゃっ」と声を漏らすしか術がないようだった。

驚くほど簡単に粗相をしてしまった恥ずかしさからか、全身が赤く染まる。

それさえ愉しそうに見ている圏崎を、少しだけ恨めしそうに見上げる目が悩ましい。

『圏崎さんっ…。なんか、この前より激しい。すごく、求められてる感じ…』

それでも響一にとって圏崎からの求愛は、悦び以外の何物でもないようだった。

『いや、それって俺もか。なんか止まらない。この前よりも、圏崎さんが欲しい…っ』

その行為が激しければ激しいほど自分も高ぶり、欲情し、感情よりも本能に任せて、圏崎の肉体を自らも貪ってしまうものだった。

『このまま、滅茶苦茶にされたい』

初めて知った痛みさえ、まだ忘れていないはずなのに。

「響一…っ」

圏崎自身の熱さも硬さも凶暴さも、何一つ忘れず身体が覚えているはずなのに。

「んんっ、ぁぁ――――っっっ」

一度に襲い来るそれらを拒み、また怯えることなく、響一は圏崎自身を再び受け入れた。

キングサイズのベッドに比べればかなり窮屈だろうに、下肢だけを剝き出しにされた姿で前を寛げる圏崎を受け入れると、痛みなのか快感なのかという微妙な狭間で絶頂へと追いやられた。

圏崎の名を何度も呼び続け、共に愉悦の中へと堕《お》ちていった。

＊＊＊

「別れ話を切り出すのは、無理だったみたいですね」

かつてないような理由で自己嫌悪し、憔悴《しょうすい》しきった圏崎に声をかけたのはアルフレッドだった。

特に説明の必要はない。ホテルに戻るなりソファにだらしなく身を崩した様子から、今日のなりゆきを察したようだった。

これでも飲んでと言わんばかりに、少しきつめの酒を出してくる。

圏崎は差し出されたロックグラスを手にすると、一気に呷《あお》って溜息をつく。

これでも泊まりにならなかった自分を褒めていた。俺は馬鹿だと自虐に走りながら。

「まあ、取り寄せた資料で見たとき、ずいぶんあなた好みな子だなと思ったのは私が先ですから、

このなりゆきは不思議には思いません。むしろ自分の勘を褒めたいぐらいです。ただ」

「わかってる。時期が悪い。相手も悪い。全部俺が悪い」

圏崎は空になったグラスをアルフレッドに突き出し、声を荒らげた。

「――――何一人でテンパってるんですか。私はただ、香山社長になんて言われるかはわかりませんが、そこまで本気なら貫けばいいと言おうとしただけなのに。好きなら好きで、いっそ彼が高校を卒業したら結婚します、籍を入れるつもりです、ぐらいまで公にしてしまえば、かえって潔いし、世間体も守れます。むしろ好感度が上がるかもしれない」

出されたグラスを受け取りながら、アルフレッドが続きを話す。

「なんせ、あなたは日本人かもしれないが、すでに国籍は向こうの人だ。このベルベット・グループを一大組織にすると決めたときから、アメリカに骨を埋めると決めた方なんですから。堂々とプロポーズして、彼を向こうに連れていけばいいだけですよ」

そこまで好きならそれでいい。どうしてこんなことで悩んでいるのか、圏崎の気持ちがわからない。

「さ、いつものように指示を出してください。邪魔者がいるなら、お前が消せって」

アルフレッドは全力で仕え、そして二人を守ることを表明してきた。

「馬鹿言え。そんな勝手なことができるか」

「勝手かどうかは、本人に聞いてみなければわからないでしょう？　それに、香山の人間なら最低でも母国語以外の二ヶ国語は話せるそうですし、彼ほどの実力者ならベルベット・グループの誰もが歓迎します。彼が働くことを望むなら、いくらでも仕事はあるし。まだまだ勉強したいというなら、あなたの元から大学へ通うことだって可能なはずだ。変な話、今すぐ向こうで暮らし始めたとしても、特別不自由はないと思いますけど」

「そういう問題じゃない」

「なら、どういう問題なんです？」

一向に煮えきらない圏崎に、アルフレッドの語尾がきつくなった。さすがに彼もイラつき始めたのだろう。こうなると、社長と秘書というより同朋《どうほう》だ。ただの同じ年の男同士だ。

しかし、

「響一は、これまで周りが敷いたレールにいつの間にか乗って走ってきた子だ。気がつけば配膳の道に進んでいて、それがすべてだと思っているだろう。けど、実際はそうじゃない。世の中は広い。さまざまな職業があって、生きる道がある。それを知らずに、今度は俺が敷いたレールの上を走らせろというのか？　麻疹《はしか》のようなものかもしれない恋のために」

自分にもアルフレッドにも言い聞かすように胸の内を明かした圏崎に、アルフレッドは「社長」と呟き、彼の足元に膝をついた。

目線を下げて、圏崎の思いを受け止める。

「よく考えてみろよ。お前がシェフ・ド・ランという道、そしてこのベルベット・グループにたどり着く前にどこを、いったい何を目指していたか」

「……建築デザイナーでしたね。一族が不動産業なもので、いつか都市開発も手がけたいと思って、勉強してました」
そう言われれば――。もう、思い出すこともなかったから、確かにそんな時代があったと
アルフレッドも納得した。
「だろう？　俺だって今の響一ぐらいのときは、自分は家業を継ぐために医者になるものだと思
っていた。必死に勉強していた」
長い人生には、いくつもの分岐点がある。
アルフレッドも圏崎も、すでに何度かそこを通った。
「けど、親元から離れた留学先で、たまたまベルベット・ホテルでバイトした。週に二度か三度、
気分転換がしたかっただけのバイトだったのに、気がついたらこうだ。通っていた大学さえ中退
して、親からは勘当されて。それほど人生、何が起こるかわからない。ありとあらゆる可能性が
ある。こうと決めた道がある人間ほど、一度は外れてみなければ、本当は自分がどこへ行きたい
のか、行くべきなのか、わからないと思うんだ」
しかし、響一はどうだろうか――そう問われたら、アルフレッドもいささか言葉に詰まっ
た。確かに圏崎が言うように、今の彼がいくつもの分岐点を経て在《あ》るようには思えない。
生まれたときから目の前に敷かれていただろうレールの上を、なんの疑問もなく走っているに
すぎない。
「でも、それならそれを知っているあなただからこそ、彼に違う道を見せることもできるんじゃ
ないんですか？」

だから、圏崎は今が大事だと言った。会社ではなく響一の今が大切な時期なんだと悩んだ。

響一が何も考えずに進んできただろう道は、すでに圏崎がたどってきた道だ。

経験があるから強気になれない。こうと思ったことが貫けない。

「できたらこんなことは言ってない。俺にはグループの代表として、まだやりたいことも、やるべきこともある。他のことを考える余裕がない。ただのホテル馬鹿で、流行《はや》りの映画一つ知らない、つまらない男だ」

自分のことなら、圏崎もここまで自虐には走らないだろう。

それこそ一夜限りのお愉しみ程度なら、お互いいい思いをした――それで終わりだ。

「けど、そんな俺の会話に、実は狭くて深いだけのマニアック話に、響一はたまたますんなりと応えられた。入ってこられるだけの知識があり、また経験や価値観があったにすぎない」

しかし、響一はいろんな意味で圏崎には鮮烈すぎた。

これまで味わったことのない高揚と快感、何より至福をくれた。

「俺は、彼が俺たちのように、いくつもある仕事の中から、この世界を選んだ。サービスという世界にたどり着いた人間なんだと信じて疑ってなかったから、安心して惹かれた。理解者として受け入れ、恋をして、彼こそが運命の相手だったんだろうと、耽溺《たんでき》もした」

響一がもしあと五年早く生まれていれば、圏崎は迷うことなく我が道を進んでいるだろう。

これほど愛している相手を手放すことなど、微塵《みじん》も考えないはずだ。

「けど、それは間違いだった。彼はまだ他の世界を知らない子供だ。これからいろんな世界を見た上で、本当に進むべき道を決めることが望ましい人間だ」

だが、圏崎は好きだからこそ、響一だけではなく彼が進むだろう道まで見据えて、悩み続けている。

「だから、手放すんですか？　彼と別れるんですか？」

「それが、響一のためだ」

別れること、離れることも一つの愛だと、アルフレッドにはどうしても理解しがたい結論に、たどり着こうとしている。

「そうでしょうか？」

「縁があれば、いずれまた結ばれる。なければそれもまた――縁であり、運命だ」

それでも、こうと決めたら最終的には実行と成功を手にしている男だけに、アルフレッドは近い将来、圏崎は響一との別れを実行するのだろうと思った。

それが果たして成功なのか？

響一にとって、圏崎にとって、本当にあるべき姿なのかはわからないが、アルフレッドは傍で見ているしか術がなかった。

「え？」

「ごめん。俺が軽はずみだった」

圏崎が話を切り出したのは、五月も終わる頃だった。

「軽はずみって…？」

「正直に言ってしまうと、まさか君が高校生だとは思わなかったんだ」

これから日本は梅雨を迎える。

その傍らで六月の花嫁を謳ったブライダルシーズンにも突入する。

「このまま付き合っていいのか、どうなのか、俺なりに迷った。真剣に考えた。けど…」

「その結果が、付き合えないってことなの？」

響一は、果たしてそんな職場に通い続けることができるのだろうか？

ついこの瞬間まで、バージンロードを歩く花嫁と同じほどの幸せを噛みしめていただろうに、そこからわけもわからず突き落とされて。納得も理解もしがたい理由で突き離されて、人の幸せを間近に見ながら、勤めることなどできるのだろうかと考えると、圏崎も申し訳なく思った。その反面、これがある意味響一にとっての分岐点になるのかもしれないなと思っていた。

「なんで？　別に、高校なんかあと一年もないし…。俺、大学行く気もないから、すぐにだってちゃんとした社会人だよ。圏崎さんが望んでくれるなら、仕事でも役に立てると思うし、ちゃんと話だって合うだろう？　ってか、俺ほどあなたと意気投合できる奴なんか、滅多にいないと思うんだけど？」

「そうだね。まず、その年ではいない」

「っ!?」

生まれて初めて、別世界に目を向ける。今ある世界から目を背ける。

そんな一つのきっかけになるのかもしれないと――。

「ごめん。どう説明しても、これは俺のわがままだ。一方的な、大人の都合だ。けど、俺にはやらなきゃいけないことが多すぎて、君が望むようには付き合えない。それを俺自身が見落としていた。悪いのは君じゃない。全部俺だから」

「それって、聞こえはいいけど、ずるくて勝手なだけだよね？　ようは、子守にかける時間はないってことなんだろう？　初めからその場限りの遊びのつもりだった――むしろ、そう言えばいいのに」

しかし、きっかけにはなるかもしれないが、それで響一が将来的に自分のためになる道に出会えるかどうかは、また別の話だった。

強引に置かれた分岐点で、事故を起こさないかどうかも、まったく別の話だった。

「いや、そうじゃなくて」

「言い訳は嫌いなはずだろう！　もういい!!　今後、静汕荘の話は事務所として。も…、俺は一切関わらない。今度こそ静汕荘にも圏崎さんにも!!　ベルベットなんて、糞くらえ！」

それを危惧してアルフレッドは忠告したが、圏崎は聞き入れなかった。

結局「すべては響一のためなんだ」と信じたまま別れてしまった。

響一にとって一番大切なものがなんなのか、それが仕事でいいのかという基本に返った自問もしないまま、圏崎はアルフレッドにさえ「愛は盲目とはよく言ったものだ」と、肩を落とさせてしまった。

ただ――、

「いいんですか？　これで」

「――聞くな。仕事に戻る。静汕荘のリニューアルオープンは二ヶ月後だ。やることが山ほどある。今は、そのことだけ考えろ。しばらく向こうとこっちを行き来することにもなるんだから、お前も気持ちを切り替えろよ」

縁があればと圏崎は言っていたが、アルフレッドはそんなに甘いものじゃないと思っていた。ときには縁はつくるもので、目を背けたときから壊れていく。消えていくものだろうと思っていたから。

いっぽう、突然終わりを宣告された響一は、家に帰るなり自室にこもり出てこなくなった。心配した家族が理由を聞くと、隠すことはしなかったが、詳しい話もしなかった。

いや、話したくても話せない。納得も理解もできていない決別だけに、どう説明していいのかもわからない。

わかっているのは、自分がまだ高校生だから振られたというくだりだけで、そして、実に高校生らしい捨て台詞で最後を飾ってきたという事実だけだった。

「やっぱり俺、子供だよな。大人だったらあの捨て台詞はないよな。公私混同もいいとこだ」

心配した香山と中津川が訪ねてくると、響一はベッドの上に座り込み、一応の経緯は口にした。

別に喧嘩をしたわけでもないのに、突然別れ話を切り出された。しかもこんな理由でと、ありのままを話した。

「その状況で、それぐらい言ってもらわなかったら、相手は立つ瀬がない。俺ならもっとひどいことも言うし、やってると思うぞ。ってか、人の可愛い甥っ子を玩《もてあそ》びやがって。日本で仕事できると思うなよ、ベルベット」

だが、聞いた香山がキレるのに、それ以上の説明はいらなかった。

響一に頼まれたから、また響一を大事にしてほしいという身内心もあったから、静汕荘のリニューアルに関しての人材派遣には最善の努力をした。香山配膳としてできる、精一杯の計らいをした。それにも拘らず、これかよと思えば、腸《はらわた》も煮えくり返る。本来ならあり得ないような譲歩を響一可愛さでやった自覚があるだけに、香山の怒りは仕事のほうに直結した。

このままでは腹の虫が収まらない、そんな気持ちから公私混同全開だった。

「ちょっ、そういうのは勘弁してくれよ。変に問題大きくするなよ。香山の名前に傷がつく。なんの関係もない人にまで迷惑かける羽目になるのは嫌だぞ」

だが、それは響一が望まない。

できすぎた子だと悲しくなるほど、響一は仕事と恋を割り切っている。

「――――わかってるよ。言ってみただけだ。お前が言わないから、代わりに俺が言ってみた。それだけだ」

見ているほうが切なくなって、香山は響一の隣に移動すると、感情のままに抱きしめた。

「叔父貴…っ」

「本当。下手な大人より、よっぽどお前のほうができてるのにな。馬鹿だよ、あいつ」

生まれる前から大事にしてきた初めての甥。抱きしめた数だけで言うなら、香山のほうが圏崎よりも何十倍も多い。黙って見ている中津川だって、それは同じだ。

「やっぱり、絵文字や写真つきのメールとかって、嫌だったのかな？」

響一は安堵できる香山の肩に寄りかかると、半月もあったかないかという交際を振り返って、自分が納得できる理由を探し始めた。

「楽しくていいじゃないか」

「テストの話とか学校の話とか嫌だったのかな？」

どんなにはっきり理由を告げられたところで、どうしても納得ができない。だから、別の理由を探し続けた。

「誰もが通ってきた道だろう」

「ガキのくせしてサービスのこととか、口挟みすぎたとか？」

だが、どんなに探したところで思い当たる節がない。圏崎も響一も互いを見染め合ったのは職場のはずだ。年齢開示はあとからついてきたものであって、出会いから恋に発展するまで、互いの年など気にしてなかったはずだ。

「お前はうちのトップだ。それに関しては、誰とでも対等に話をする権利がある。年の問題じゃない」

「じゃ、やっぱりあれか。一番肝心なサービスがまったくできないから、つまんなかったのか。ようはバージンなんて面倒なだけで、気持ちよくないって感じで…」

しいていうなら、これだろうか？

子供じゃ相手にならないと言われる心当たりがあるとしたら、響一にはこれしかない。

「そんな理由なら寝込み襲って、奴のモノを根元からぶった切る!! 言われたのか、そんなこと！」

が、さすがにこれは失言だった。激怒した香山を、慌てて抑える。

「言わない、言わない!! 俺がそう思っただけだよ。圏崎さんは自分が浅はかだったとしか言わなかったよ。俺が高校生だって見抜けなかったことが、そもそも間違いだったって」

滅多なことでは怒らない香山がキレたときの過激さは、身内だからこそ知っている。

言ったことは成し遂げる。この辺りは、圏崎も香山も変わらない。響一は思わず中津川に「助けて」と視線を送る。

すると、中津川は「まあまあ」と言いつつ、しっかり香山を鎮《しず》めてくれた。この辺りは、さすが二十年来の付き合い、香山の操縦は中津川が一番上手い。

「――何が間違いだ。手を出してから、間違いも何もないだろうに。だいたいそう思うなら、逆に最後まで責任取れって。なんだと思ってんだよ、人の大事な甥っ子を」

それでも愚痴までは止められない。香山は不貞腐《ふてくさ》れた口調で吐き捨てた。

「責任？ あ、そっか。そう思われなかっただけ、まだ対等近くには見てくれてたんだ。別れ話もできないほど子供に見られてたわけじゃない。自分が責任取らなきゃって、そんな気持ちでこのまま付き合われることを考えたらマシなのかも」

それを聞くと、響一は一つだけ発見し、また納得できることに遭遇した。

「は⁉　どこまでお人よしなんだ、お前は。どうしたらそういう良心的な考えができるんだよ」

「だって」

そうでも思わなければ、やっていられない。

響一の中には、まだ好きという思いが溢れてる。今も新たに生まれては、留まることなく溢れ続けているのだから、これればかりはどうしようもない。

「だって…」

なのにどうして――と思うから、行き場のない思いが目から零れて流れ落ちる。

「ごめん。俺の言い方が悪かった。しっかりしすぎなんだよ、お前は」

香山は、初めての恋と失恋に泣くことしかできない響一を抱きしめると、自分もどうしていいのかわからなくなった。

「本当、しっかりしてるんだから、高校生だっていいんじゃないかな。どうせすぐに大人になるんだから。すでに社会にだって出て、ちゃんと一人前だって認められてるんだからな」

慰めにもならない言葉だとわかっていても、今だけは他に言葉が見つからなかった。

「そうかな？」

しかし、そんな香山に問いかけたのは中津川だった。

「え？」

「別に彼を庇うつもりはないけど、男って、そんなにすぐに大人になれたかな…って。学校出たから社会人、働いてるからいっぱしの男、一人前の大人っていうほど簡単なものじゃなかった気がして」

「何が言いたいんだよ」

こんなときに——どういうつもりなんだと、香山の語尾がきつくなる。

「彼のほうが、俺たちより響一くんのことを正しく見て、判断して、そして接したんじゃないかなって」

だが、中津川は穏やかな口調を変えることなく、淡々と語った。

「は？」

「響一くんはしっかりしてる。仕事もできる。それもずば抜けて——。確かにそれはそうだと思う。歴代のトップを振り返ったって、高校生なんて一人もいない。響一くんが初めてだ。まあ、生まれたときからの環境も手伝ってのことだけど…、だからこそ、周りにいる俺たちのほうが見落としてないか？　響一くんがまだ高校生だって現実を。響一くんには、もしかしたら香山以外にも生きる道があるかもしれないことを」

これは、中津川が自分なりに圏崎の立場になって、考えてみたことだった。

もしも自分が響一と付き合うなら、いや、響一と同じ年頃だった香山と今の自分が付き合うならどうだろう？　と。

そう想像したときに、かなり当たり前に出てきた思考と戸惑いだった。

なぜなら、香山は父親と姉の響子に憧れ配膳の世界に入った。

しかし、中津川はまったく別の道を目指していたにも拘らず、たまたま香山に誘われて始めたバイトから今に至った。

それだけに、中津川は進路に迷った時代を持っていた。

そんな中津川を見て、香山もまた自分の進路を再確認した時代がある。

ということは、香山は中津川が迷わなければ、なんの躊躇いもなくこの世界を選択していただろう。迷ったところで答えは同じだったが、それでも迷った上で決めたことと、そのまま進んでしまうのとでは、多少の違いは出てくる。特に、香山のような立場であれば尚のこと。一度は悩んで正解だった。そこで出した結論だからこそ、香山自身も苦しむことなく、真摯にサービス道を進んでいるのだろう。そう思えば、中津川にはこの別れの意図が、多少なりとも見えた気がした。

「だって、香山のうちに生まれてなかったら、サービスに興味も持たなかったかもしれない。他に進みたい道ができてたかもしれないだろう」

これはこれで、圏崎なりの愛だ。

先に大人になった男だからこそ気づく無償の愛の一つだと、そんなふうに思えて。

「――……啓」

「それは、違うよ」

しかし、そんな中津川の解釈を、響一はいつなくはっきりと否定した。

「響一くん」

「俺は、別に他の世界を知らずに、この世界を選んだわけじゃない。むしろ、早くから現場に出してもらったおかげで、いろんな仕事の人と関わったし、生き方にも触れたよ」

泣き顔はまだ晴れてはいないが、その顔つきはしっかりとしている。

これは、恋に破れた高校生の顔ではない。

自他共に認める香山のトップ、配膳人としての仕事と、そこから生まれただろう揺るぎない自信がつくり上げた男の顔だ。

「生意気言うようだけど。いろんな人たちの人生最大の晴れ舞台を見てきたんだから、実際飛び込むことはしなくても、それなりに見て、感じるものはたくさんあった。でも、俺は配膳がいいって思った。中でも結婚式のサービスが一番好きだなって思った。だって、その人の人生で一番のイベントに、他人の俺が立ち会えるんだよ。みんなが幸せそうに笑ってて、おめでとうって言いながら過ごす時間の中で仕事ができるんだよ。こんなに、幸せなことってない。テンション上がることってないじゃん」

ただ、これは響一にとって、あまりに当たり前すぎて、誰かが疑問に感じることだとは考えたこともなかった。

「もちろん、こういう単純なところが、まだ子供なのかもしれない。それだけで、これが俺の天職だって信じちゃう辺りが、大人じゃないのかもしれない。けど、かなりいろんな職種の人や、偉いって言われる人にも接してきたけど、俺には叔父貴が一番カッコよく見えた。香山配膳のみんなが一番魅力的な仕事をしてる集団に見えた。これって、アイドルに憧れて芸能界目指すのと何が違うの？　父親や家族の背中を見て、自分もこうなりたいって思う世襲とどこが違うの？」

こうして説明している今でも、そんなのわかりきったことじゃないの？

他ならともかく、香山や中津川が知らなかったなんて思ってもみなかったんだけど――そんな口調だ。

「そう考えたら、俺は夢を叶えるために努力したにすぎない子供だよ。早くから叶える機会をもらったにすぎない子供だよ。それに、叔父貴やみんな以上にすごいやって思った人が、まったく別の職業の人だったら、また見方も変わったと思う。考え方も変わったかもしれない。けど、初めてそう思った人も、圏崎さんも同じ道の人だったんだから、結局俺はこれでいいじゃんって思わない？　天職なんだって、信じて進んでいいんじゃないのかな？」

しかも、理論整然としていて説得力もある。

圏崎が、肝心なことを濁しながら告げた別れ話より、よほど明瞭《めいりょう》で快活だ。

これには中津川も、ただ頷くばかりだ。

「それに、俺は圏崎さんに振られても、この仕事は好きだよ。今だって、もう辞めたいなんて思ってない。叔父貴や中津川さんや、みんなとずっと一緒にこの仕事をしたいよ」

その上、この一言は決定的だった。

中津川は、これは圏崎のほうが響一の見方を間違えた。高校生というレッテルに捕らわれすぎて、基本的なところでミスを犯した。

ちゃんと、本人と話し合うという基本を欠いてさえいなければ、この別れ話はなかったんじゃないかと、単純に考えられた。

「さすがに圏崎さんとはしばらく無理だと思うけど。半年もしたら、きっと平気だよ。笑って仕事できるよ。だって、この仕事好きだから」

「――――響一」

とはいえ、結論だけを言うんなら、二人はもう別れたあとだ。

一方的で理由がわからないと嘆きながらも、響一は圏崎からの別れ話を受け入れてしまった。そうなれば、これはもう、ときが解決してくれるのを待つしかない。

「そっか…。そう言われたら、そうだよね。響一くん、なんだかんだいって晃に憧れてサーバーの練習から始めたんだもんね。別に響子さんが教えたわけでも、先代が教えたわけでもない。気がついたら、キッチンからスプーンとフォーク持ってきて、取り分けごっことかして遊んでたんだもんね」

中津川は、これ以上圏崎の感情に同調するのはやめにした。これまで通りの考えで、響一とは接していけばいいいと思い直した。

「ま、な」

響一は、大切な香山の身内で、自分にとってもすでにかけがえのない身内だ。

親子、家族で、普通は年がどうとは思わない。いくつになっても親は親だし、子供は子供だ。

そう考えれば、たとえ響一が三十、四十になっても、自分の気持ちはかわらないだろう。

なんせ、お腹の中にいたときから見てきたのは、香山も中津川も変わらない。

人手が足りなければ、幼稚園の送迎だってしたし、授業参観も見に行った。

こう言ってはなんだが、圏崎とは歴史が違う。

血の繋がらない他人の中で、誰が一番無償の愛を注いできたかと言われたら、中津川は自信を持って挙手するだろう。響一も響也も、そして実はまだいるその下も。身内として可愛がってきたのは、中津川が一番だ。

「そ。そして、背中を見てもらえなかった父親を激しく凹ませて、今も自分のところには来てくれないって、力いっぱい凹ませてるのよね。本当、困った息子よ」

ただ、叔父夫夫《ふうふ》？　がこんなだから、そのあおりを食らう者がいる。決して父親としての義務を放棄し、育児をしなかったわけでもないのに、なぜか影が薄い男がいる。

「――――え？」

「あ…、響子さん」

響一は、香山たちが駆けつける前に、さんざん声をかけてくれた父親の存在を思い出すと、心の底からしまったと思った。ついつい事情通な香山たちのほうを選んでいろいろ話してしまったが、振られて帰ってきた息子が心配で心配でたまらないと訴えてきたのは父親のほうが先だ。

それを無視して、ここで和んでしまったら、本当に背中を丸めて立ち直れない。それをフォローしなければならない響子をイラつかせそうで、あとが怖い。

「あ、俺下に行ってくる」

響一は、あれをどうにかしろと言いに上まで呼びに来ただろう響子の意図を察すると、ベッドから立ち上がって部屋を出ようとした。

「響一、大奮発して、夜食にテルミドール作ってやったぞーっ」

だが、いつの間にか立ち直っていたらしい父親は、一人黙々《もくもく》とサプライズな計画を実行していたらしい。

「義兄《にい》さん…」

「夜食にテルミドールって…。相変わらず豪勢ですね。というか、その量とプレートは」

みんなで下に下りてみると、響一の父は、まるで宴会場で使うような銀のプレートに人数分の伊勢海老《いせえび》を盛りつけて、彼らを圧倒してきた。

「どうせだから、みんなも食べるかと思って。ほら、テーブルセットして、お前が配れ。懐かしいだろう、自宅でサービスごっこ」

「――――親父…。ん。わかった！　すぐに用意するから、待ってて」

そうしてさり気なく響一をたきつけると、広々としたダイニングテーブルに簡単なセットを用意させた。

「凹むだけなら家計に響かないのに。どうしてこういう立ち直り方するのかしら、あの人は」

「そういう人じゃなかったら、姉さんとは結婚できなかったんじゃない？　俺、大好きだけど。変に話に割り込まないで、ああして自分ができることをしてくれる。しかも、才能溢れる凄腕《すごうで》のレストランシェフなのに、あえて皿盛りせずに、俺たちに楽しさを分けてくれる。仕上げの盛りつけを任せてくれるって、最高の信頼の証《あかし》だよ」

今となっては、ずいぶんしっかりとしたごっこ遊びになった息子のサービスを見ながら、父親はひたすらニコニコとしていた。

「そっか…。そう言われたら、そうね」

「そうだね。そう考えたら、響一くんは最高のシェフの元で、そして最高のサービスマンの元で今の技術を身につけてきたんだから、これを天職と言わずしてなんと言うってことだよね」

こんな光景を見れば見るほど中津川は、圏崎を思って悩んだ自分は愚かに思えた。

「啓」

「この状況を見ていたら、彼も考え方が変わっていたかもしれない」

彼の選択は先走りだ。

きっとそのうち、気づくときが来る。だが、気づいたときには大概遅い。料理なら冷めても食べられるが、愛は冷めたら消えるだけ。どちらか一方が本気で冷めたら、そこですべてが水の泡だ。

「馬鹿だね、本当に彼は。こんな簡単なことさえ見えなくなって」

それを思うと、中津川もアルフレッド同様に、やるせない気持ちが隠せなかった。いったいどれほど愛は男を狂わせ、そして何も見えなくしてしまうものなんだろうと、胸が痛くなって——。

7

失恋のショックも冷めやらぬ響一ではあったが、それでも仕事は黙々こなしていた。

そうでなくとも今は六月、ブライダルシーズン。近年では梅雨より秋口の気候のよい日を選ぶカップルが増えてはいたが、それでも六月の花嫁人気は絶大だ。他の月に比べたら、まだまだ式を挙げるカップルが多いのがこの時期だ。

「お疲れ様。失礼します……！」

だが、だからこそ響一は、行く先々で各社の様子を見に来る圏崎と会ってしまうことが多かった。

「やあ」

「お響！　こっち来い」

「っ、高さん」

そのたびに一緒にいる誰かが間に割って入り、二人の関係はますます険悪なものになっていった。

「どうも、お疲れ様」

しかもそれは飛び火した。

「ふん！　気安く声かけんな。壊れたウォーマーでも抱えて、とっととアメリカに帰れ！」

アルフレッドは声をかけるたびに、響也から悪態を吐かれて何かを投げられた。

今日はトーションだったが、この前は片付け途中のモップだった。その前は返品前の制服の上着で、その前は両目のあっかんべーだ。

「すっかり私まで嫌われてしまいました」

自分が何かした覚えはまったくないのだが、こういうのを坊主憎けりゃ袈裟《けさ》まで憎いというのだろう。それが不本意で声はかけ続けていたが、アルフレッドもそろそろ心が折れそうだった。

「すまない」

「いえ、言ってみただけです」

すでにポッキリと心が折れている圏崎が一緒でなければ、確実に八つ当たりに回っている。が、そんな心の傷をよそに、フリーになった響一には声をかける者が跡を絶たなかった。

「響一！　今年の夏だけど、一緒にリゾート行かねぇ？」

「リゾート？」

「そう。避暑地に二週間。一日八時間の最低保障、三食と仕事の合間にレジャー付き。稼いで、遊べる人気のスポットなんだ」

「へー。そんなのあるんだ。俺、聞いたことなかった」

「なら、あとで条件メールするから、考えといてくれよ。夏の軽井沢《かるいざわ》、いいぞ〜」

「ＯＫ」

見て見ぬふりを決め込むも、会話だけは耳に入る。ついでに言うなら、必死に見ないふりはしているものの、一度目に映ったものはどうにもならない。

『あいつ、この前も一緒にいた。アフター誘ってたな』

こんなときに記憶力がいいのも問題だ。圏崎は、このままでは響一に近づく男の顔だけで、都内の配膳事務所の登録員、その大半を覚えてしまいそうだった。

それも好意的にではなく、かなりの悪意を込めて。こんなことでは先々の仕事にも支障が出そうでまた凹む。

「リゾート派遣なんて、口実もいいところですね。仕事にかこつけて口説かれてるのがわからないのかな？　彼は」

「さあな」

いっそもう、支社の者にすべてを任せて、アメリカに戻ろうか。最近はそんな気持ちにもなっていた。

「素直じゃないんだから。たとえ他の世界なんか知らなくても、彼にとってはこのサービスという世界だけでも十分な気がするのは私だけですかね？　私が彼なら、たとえ他の世界を見ても、今以上に心を動かされるとは思えないんですけど」

すぐには無理でも静汕荘のリニューアルが終わり、無事に再起動のスタートさえ見届けたら、可能なはずだ。それを決めるのは圏崎自身の仕事だ。

「だって、どう見たって他の世界にあれほど秀でた男たちはいない。組織もない。何より、圏崎亨彦はいないんですから、惹かれようもないと思うんですけど。私がそうであったように」

響一と顔を合わせる機会さえなくなれば、アルフレッドにこんな心配をさせることもなくなる。

「お世辞を言ってもボーナスの査定はよくならないぞ」

「意地っ張り。あ、次の現場に行きますよ。これからマンデリン東京の社長と会食です。先付けで支払った失恋という代償は大きかったんですから、その分成功してもらわないと。本当に、ただの笑いものですからね」

「ああ――」

アルフレッドに仕事外で気を遣わせるのは、お互いのためにもよくない。

『本当に、アルフレッドの言うとおりだ。先に払った代償は大きい。もっとも、俺にとっては…だけだったみたいだけどな』

圏崎は、何事もなかったように現場で勤める響一を見ると、自分の気持ちを仕切り直す意味も込めて、静汕荘のリニューアルを終えたらアメリカに戻ろうと決めた。

一度足元から見直そう、自身を奮い立たせよう、そう思って。


ベルベット・グループの日本上陸、傘下入り第一号ホテルとなった青山静汕荘のリニューアルオープンは、八月一日を予定していた。

それまでには全館内装の集中工事を始め、再起動に当たっての人事異動が行われる。

中でも一番大きく異動が行われたのが、やはり宴会課。正式にオープニングスタッフとして勤められたのはほんの一握りで、大半が一ヶ月から三ヶ月の研修期間生に格下げされていた。

ただ、それは解雇でもなければ、宣告でもなかった。個々の能力に合わせて与えられた期間内に、ベルベットが求めるレベルにまで向上してくれれば、そのまま社員復帰が約束されている。

残りたければ努力すればいい。求められるサービスがどんなものなのか心から理解すればいい。ただ、それだけの試練だ。

そして、そんな穴の空いた宴会課を一定期間フォローするのが、香山配膳の登録社員。それだけでは埋めきれない人数に関しては、香山が直々に指名した他社の登録派遣社員によって、補われることになっていた。このことで、事実上新しい静汕荘のサービスは、香山レベルに引き上げられる。あとはスタッフとして残れた者、また研修生に置かれた者たちが、そのレベルを維持できるだけの心技を身につけるだけだ。

圏崎に至っては、必ずそこまで上がってくると静汕荘の者たちを信頼して待つしかない。

そうでなければ、香山との契約が終了した際、静汕荘の宴会課はガタガタだ。米国からスタッフを連れてくることも可能だが、それでは静汕荘の地に足がついたイメージが揺らいでしまうこともあり、ここは何が何でも従来の社員たちに奮起してほしいところだ。

『静汕荘のリニューアルオープンか。どんなふうに変わったんだろう？　直に見たかったな』

ただ、そんな圏崎の願いは、少なからず静汕荘の者たちに理解され始めていた。

決してリストラを前提に厳しいことを言っているわけではない。それさえ納得できれば、むしろ香山レベルという明確な目標を提示されたことで、これまでになかった向上心が個々に芽生え始めていた。

『ベルベット・グループ傘下入り日本第一号店。これまでの実績と歴史を生かしつつ、新時代のホテルへ――――か』

そんな噂を耳にするたびに、響一は静汕荘の常備として入るメンバーの名前を確認していた。

『老舗の結婚式場としてのイメージが強くて、平日ほとんど客室が埋まらなかった静汕荘。でも、リニューアルに合わせて、そこは一掃される。都市部にあって手軽に利用できる中堅ホテルってことを全面的に押し出して。全客室にパソコンを導入することで、これまで縁のなかったビジネスマンにワンクラス上のビジネス空間を提供。地下鉄の駅から近い立地条件にありながら、自慢の庭園で季節の緑や花々も楽しめる都会のオアシスに生まれ変わりだ』

完成されたパンフレットに目を通し、ここで圏崎が何をしたかったのかを、一つ一つ読み取っていた。

『何より驚きなのは、この価格――――。平日のシングルの安さは、ビジネスホテルと大差がない。部屋と従業員を遊ばせておくぐらいなら、フルに使おうってことなんだろうけど……。これまでの静汕荘の宿泊費からは考えられない破格値だ。しかも、これだけの条件が揃っているのに、あくまでも売りは最高のもてなしとサービスだ。結局香山からも、期間限定とはいえ、多くの人間が派遣される。その期間に、従来の社員教育を徹底することで、その後のサービスを最高のものにまで引き上げる』

それは、知れば知るほど高揚するものだった。

『最高の環境に、最高の技術とサービス精神を持ったスタッフが完成されれば、流行らないわけがない。静汕荘は確実に生き返り、そしてこれまでにない飛躍を遂げる』

きっと、自分からの後押しがなくても、香山なら協力を惜しまなかっただろう。始めはすんなりとはいかなくても、結果的には手を貸したくなる、協力したくなる魅力が詰まった再建企画だ。ある意味完成された香山配膳に君臨する香山だからこそ、たまには作る喜びも得たいだろう。維持する攻撃性ではなく、飛躍する攻撃性。そんな仕事に骨を折ってみたくなるだろうと思うと、響一は、香山からのオープニングスタッフに、どうして自分の名前がないんだろうと悔しくなってきた。

『圏崎さんの理想が、現実のものになる。なのに、そこに俺はいない――――』

そう、今となっては、辛い、悲しいよりも悔しい。

この際、自分が彼の年齢制限に引っかかって振られてしまったことには諦めがつく。

だが、一人のサービスマンとしての自分まで振られたのかもしれないと考えると、無性に悔しくて、腹立たしくて仕方がなかったのだ。

『これって、結局香山の人間なら俺でなくてもよかったってこと？　最初に俺に相談してくれたのに、叔父貴じゃなくて、直接俺に常備で来てくれないかって、お肉食べながら猛烈にアタックしてきたのに…。あれまで年齢制限ついてたの？』

自分の夢には香山響一が必要だ。理想を叶えるためには、どうしても香山響一でなければ駄目なんだ。

たとえ社長の立場からでもいい、それを言ってさえもらえれば響一は応えた。

もう二度と――――なんて言葉も笑って撤回して、必ず惜しみない協力を約束した。

『まぁ、頼まれたところで学校があるから、常備は無理だ。そう言ったのは、俺だけどさ…。でも、週末の俺なら、まだキープできるのに。一番必要なときに使えるはずなのに。やっぱり別れた相手は使いたくない…。嫌だって言った相手を説得してまでは欲しくないってことなのかな』

それなのに、記念すべきオープンの日に、どうして自分は仕事も入れずに、街中をウロウロとしているのだろう？

なぜこの日だけ予定を空けて、フリーでいるのだろうと考えると、響一は、いかに最後の最後まで期待していたのかを実感した。

圏崎が声をかけてくれるのを待っていたのかを痛感した。

「――――あれ？　お前ら、なんでこんなところにいるんだよ。今日は静汕荘のオープニングパーティーだろう？　もう、スタンバイに入ってる時間じゃないのか？」

だが、そんなことを思っていたときだった。響一は、ぶらぶらと歩いていた街中で、偶然事務所の仲間と鉢合った。

「あ…」

「やば」

「待て！　なんで逃げるんだよ、どういうことか説明しろよ‼」

それも静汕荘の常備が決まっていた人間だ。こんな大事な日に、こんなところにいるはずのない人間。響一は、自分を見るなり逃げた二人を追いかけると、現役高校生を舐めるなよという勢いで、追いつき、捕まえ、責め立てた。

「は⁉　香山どころか、派遣組全員がボイコット⁉　何考えてんだよ、お前ら。ってか、なんで響也がそんなこと！」

そして、かつてない事態が起こっていることを知ると、今日は自宅で不貞寝を決めていたはずの響也の元へ急いで戻り、事のなりゆきを説明させた。

「そんなの、兄貴を傷つけた仕返しに決まってんだろう」

「響也…」

「兄貴がどう思ってるか知らないけど、俺もみんなも気持ちは一緒だよ。あんな奴のホテルでなんか、サービスしたくない。兄貴を、この香山を馬鹿にするのも大概にしろってことだよ」

聞けば聞くほど、全身から力が抜けそうな話だった。

「米国じゃどんなに立派な経営者か知らないけど、そんなの俺たちは認めない。少なくとも、兄貴を慕ってるサービスマンは、あんな男絶対に認めないから」

あまりにも幼稚で、こんな話に大の大人が揃いも揃って乗ったのか？

一人や二人なら、仕方ないから響也に付き合うかという発想になってもわかるが、それが全員？　他社の派遣社員まで含めて？

少なくとも今日だけでも百人やそこらはいたはずのメンバー全員がそれをしてるのかと思うと、響一は唖然としすぎて「香山に報告しなければ」という発想がまず起こらなかった。

「それがどういうことなのか、今こそ思い知ればいい。ホテルは従業員の質だって言うけど、その従業員にそっぽを向かれる経営者の質のほうが問題だ。信用できない経営者についていく社員や勤め人なんかいない。そのことを思い知ればいいんだよ、圏崎もアルフレッドも」

「――――っ、馬鹿っ!!」

あまりのことに頭が真っ白で、とにかく目の前の響也を説得して、メンバーに出勤をかけさせなければと躍起になった。

「だとしても、抗議するなら他に方法はいくらでもあるだろう！　こんなことをして香山の名前に、いや…、すべての派遣会社の仕事に泥を塗る気か!!　どんな理由があろうとも、受けたら完了まで最善を尽くすのが仕事だろう？　こんなのただの公私混同だ。何度言わせたら気がすむんだ。裏で何があろうが表の客には関係ない！　今日のオープンセレモニーやパーティーを楽しみに来る人たちには、なんの関係もないだろう！」

不貞寝を決め込む響也に一喝、布団を剝ぐと腕を摑んだ。

「とにかく、これに関しては先方に俺が謝るからすぐに行こう。今ならまだ間に合う」

無理やりにでも起こして、とにかくボイコット中のメンバーを静汕荘に呼び集めなければと必死になった。

「嫌だよ」

「響也」

が、こうと言ったら聞かないのは、響也も響一も一緒だった。

「嫌なものは嫌だよ！　俺は知ってるんだぞ。兄貴が夜な夜な泣いてたの…。あいつに振り回されて傷ついて…っ。一人でこっそり泣いてたの、全部知ってるんだからな‼」

しかも、泣きたいのはこっちのほうだというのに、響也は目から大粒の涙を零して、徹底抗戦に出てきた。

きっと同意させられたメンバーも、これをやられて観念したのかと想像がつく。

響一は、限られた時間の中で響也を説得してボイコットしたメンバーを呼び戻させることを即座に諦めた。

「――――っ…。ならいい。来なくても。その代わり、今日限りで五代目香山ＴＦは解散だ。お前と俺で責任取って事務所辞めるから、そのつもりでいろ」

たとえ百人だろうが、代わりの者を集めるしかない。

きっとそのほうが早いだろうと、泣き叫ぶ響也をその場に残して、部屋から急いで飛び出した。

「っ、え？　なんで、どうして？　どうしてなんだよ‼」

納得できない響也の悲鳴は、家中どころか外まで響いている。

『それは俺たちが香山配膳の人間だからだ。どんな一流ホテルの社員でいるより価値がある。誇りがある。そう言ってうちに来る多くのサービスマンばかりがいる香山配膳の人間だからだ』

だが、それでも響一は構うことなく、自分の部屋で仕事着一式が詰まった鞄《かばん》を手にすると、まずは静汕荘へ急いだ。

『その技術と信頼は、一人一人が守らなければならない。登録社員全員が常に守り合ってこそ成り立ってるものなんだから、それを壊すわけにはいかない。壊したからには、責任を取って退かなければ他の仲間に迷惑がかかる』

移動の途中で知ってる限りのアドレスにSOSを発信し、誰か一人でも多く来てくれることを願って、とにかく自分は現場に向かった。

『大切な、大事な仲間たちに迷惑がかかる。誇りに関わるからだよ』

きっとパーティー会場の準備さえ滞っているだろう静汕荘の大広間へ、荷物片手に駆け込んだ。

「失礼します――――っ」

すると、広々とした大広間には、部署に関係なく、ホテル中のスタッフが集められていた。

そこで中心となって、会場設置の仕上げに奮闘していたのは誰であろう、圏崎とアルフレッドの二名だった。

「圏崎さん…」

ウエストコートさえ脱いだ圏崎は、腕まくりをしたシャツとズボンだけの姿で、場内のテーブルセットに集中していた。

今日のオープンニングパーティーは立食だが、招待客二千名と多いことから、時間を区切った二部制になっている。それでも一発の来賓数は一千名――――。そこに主力サービスメンバーがいないとなっては、埒が明かない。準備までなら他の部署の力も借りられるが、それでも欠けたのが香山の人間となれば、この穴は香山の人間でなければ埋められない。

もしくは、二倍から三倍以上の人間がいるだろう。

「っ…ぱ、パーティーの主役がそんなカッコで何してるんだよ！」

だとしても、相変わらず神のような仕事さばきとその潔さに、響一は込み上げるものが抑えきれなかった。

どう頑張っても圏崎を嫌いになれない。好きという思いしか自覚できなかった。

「やあ。これでも最下層からの叩き上げだから腕は鈍《にぶ》ってないし、こうなったら今日はホストに徹するのも悪くないかなって思って」

「そういう問題じゃないって。とっとと着替えろよ。主催者は主催者らしく、迎賓の用意しなきゃまずいだろう。時間がなくなるぞ！」

響一は思った。見返りはいらない。恋人として愛してもらえなくても、それでいい。

「でも」

「いいから、早く!!　ここは俺がどうにかする。決してあんたに恥はかかせないから」

ただ、ここは一人のサービスマンとして圏崎の力になりたかった。

自分が尊敬する一人のホテルマンとしての圏崎とその仕事を、この場だけでもいいから全力で支えたかった。

「――――そう。ありがとう。なら、任せるよ」

圏崎は、申し訳なさそうな、それでいて情けなさそうな目をして、響一にあとを任せると言ってきた。

決して響一が来たことを手放しでは喜んではいない。ボイコットに対して怒っている様子もないが、やはり摑みどころがない。

「アルフレッド。お前はギリギリまでここを手伝って」

「はい」

響一は、せめて喜んでほしかったのに、その顔さえ向けてもらえなくて胸が痛んだ。

「――……これは、兄思いの弟くんの精一杯の仕返し？」

「すみませんでした。うちの者にはすぐに来るように連絡しましたので」

だが、今はそんなことも言ってはいられない。アルフレッドに謝罪をすると、あとはＳＯＳを受けた人間の到着を、準備をしながら待つだけだった。

「どうせなら、この場はなんとかするから、よりを戻せぐらい言っちゃえばよかったのに」

しかし、そんな響一にアルフレッドは、これまでには見せたこともないような笑顔をくれた。

「えっ⁉」

「いや、それはお門違いか。この場合、土下座してでもよりを戻してくださいって言うべきなのは、うちの圏崎のほうだからね」

まるで「私は味方だよ。最後まで君を応援してるよ」とでも言っているように、笑ったあとはウィンク一つを飛ばして、場内設定に戻っていった。

「アルフレッド…さん？」

彼の言わんとすることは、いまいちよくわからなかったが、不思議と悪い気もしないかった。

少なくともアルフレッドは、響一を歓迎してくれた、この場にありがたく迎えてくれたことだけは確かだと感じたので、それ以外のことはあとで考えようと思った。

まずは設置の完成に勤しもうと決めて、響一は何から始めようかと大広間全体を見渡した。

すると、

「響一！　さっきのメールはなんなんだ⁉　一時間でもいいから助けに来てって……。それでここって、どういうことなんだよ」

「中尾さん！」

最初に仕事場から駆けつけてくれたのは、青山静汕荘からほど近い、赤坂プレジデントホテルにいた中尾だった。

「どうした？　いったい何があった　香山配膳、今世紀最大の危機って、いったいなんだ？」

「うんうん。びっくりして、思わず早退してきたぞ」

「あ、三代目。四代目〜っっ」

あとに続くように現れたのは、やはり都内の式場で宴会課を預かるＯＢ。それも香山ばりに美しい前トップの二人と、彼らが個々に率いる元ＴＦメンバー、十八人だった。

「あーあー。しょうがないわね、響也のブラコンも、とうとうここまでの事件を起こしたか。とはいえ、子供の尻拭いは親がするしかないもんね。響一、初代のメンバー呼びつけたから、じきに来るはずよ。安心しなさい」

そして、これは泣き叫ぶ響也から事情を聞き出したのだろう。

長い髪をアップにし、ブラックのパンツスーツ姿で駆けつけたのは、この場の誰もがひれ伏す初代の女帝――身長一七〇を軽く超えるモデルばりの美熟女、響子だった。

「母さんっっっ」

「うわっ、響子さん」

「初代だ。初代が降臨だ」

こうなると、響一は自分が錯乱していたとはいえ、いったいどこまでSOSを発信したのか、確認するのが怖くなってきた。すでに三代目、四代目たちが到着した辺りで、誰かれ構わず送っただろうことは、自分でもわかる。だが、それは万が一にも非番ならという意味であって、職場を抜けてきてほしいということではない。断じてない。

「あ、ここだ、ここだ。今、メールに気づいたんだけど、ここをどうにかすればいいんだよね？一応来賓で来てるから、準備しか手伝えないけど」

「そこまでなら、俺も力になるよ。最近現場からは離れてるけど、腕鈍ってないから。別に、香山ＯＢ限定じゃないんだろう？　この祭りは」

それなのに、新たに現れた二人の男性を見ると、響一の背筋には冷たいものが走った。

「――みっ、美祢《みね》さん。藤田《ふじた》社長。滅相もないです。来賓で来られてるマンデリンホテルの相談役と社長にまで、お願いできません。どうか、ここは優しい目で見守ってください」

どんなに猫の手も借りたいとはいえ、今日の来賓にまで仕事をさせるわけにはいかない。

そんなことをしたら、圏崎の名誉にも関わる。自分も緊張しすぎて何もできなくなってしまう。

「いいの？　ってか、いいか。もう十分足りそうだもんね」

「そうだな」

と、そんな響一の心境を汲《く》んでか、はたまた続々と駆けつけてきたメンバーを見て安心してか、来賓二人は笑ってその場を立ち去った。

「響一くんっ。メール見たよ」

「専務」

「馬鹿、なんで俺に言ってこないんだ。中津川に聞かされて、びっくりしたぞ」

「叔父貴っ…。だって、だって響也の馬鹿がっ…」

そうこうするうちに、中津川や香山、事務所で働く社員たちも揃って駆けつけてくれた。

百人の穴を埋めるためとはいえ、送信されたメールはおそらく自発的にチェーンメール化し、響一が送ってもいないところまで行きわたったのだろう。会場には、見る間に黒服姿で駆けつけた男たちでいっぱいになった。が、その半分は響一がアドレスなど知りようもない大物ばかりだ。

「よしよし。大丈夫だ。これだけいればどうにかなる。ってか、間違いなく余るし、何かあったなんて、絶対にお客様には悟られないから」

「そうだよ。事務的なことはこっちに任せて。響一くんは、この場を乗りきることだけを考えればいいから。君が集めたメンバーだ。仕切るのは君しかいないからね」

香山でさえ、こんな集団仕切るのは嫌だと言いたくなるような、年功序列を言い出したら切りがない、そんなメンバーばかりだ。

「はい。じゃ、スタンバイの仕上げから迎賓まで一気に行きます。どうか、よろしくお願いします！」

　響一は、声を震わせながらも、これならどうにかなると確信した。

　その場で大所帯を必要に合わせて分散し、それぞれにやってほしいことを的確に説明して、綺麗に分担していく。

「あいつ、隠れて今日の進行表見てやがったな。場内設定からビュッフェの並びまで全部丸暗記してやがる。可愛くねぇ」

　そんな響一に、香山は改装されて初めて見るだろう館内で、まったく戸惑いを見せずに指示を出していく姿に、つくづく感心してみせた。

　あれは響一ならではの才能であって、他のトップたちにはないものだった。二次元の図面と資料だけで的確に動けるのは、あとにも先にも響一だけではないかと思えて。

「誰かさんがわざとらしく、デスクの上に出しっぱなしにしてたからね。いつ、我慢できずに駆けつけても、響一くんが恥をかかないよう、思う存分に仕事ができるようにって」

　とはいえ、誰がそうなるように仕向けたのか、それを知る中津川は、やれやれと笑った。

「それにしても、こんなメンバーにサービスされたら、来賓の三割は腰を抜かすぞ。自分のホテルの幹部社員が軒並み揃ってるんだから。むしろ俺なら、絶対にサービスされたくない。こんなの、親父に接客されるぐらい嫌だぞ」

　香山は、何かにつけてしっかり見ている中津川の視線に照れながら、時折、今本当にここにいていいのかと聞きたくなるような他社の人間を目にするたびに、その笑顔を引き攣らせた。

「緊張するだけだからね。でも、ありがたいことだよ。みんな香山を大事にしてくれて。響一くんを大事に育ててくれて」

「本当にな。でも、いっそ今後の緊急時には、俺の名前じゃなくて、響一の名前で人寄せするか。あいつの助けてのほうが利きそうだ」

それでも何事もなかったように準備されていくパーティー会場を見渡すと、香山と中津川はホッと一息ついた。響一が成し遂げようとしているこの夏一番の大仕事を、傍で見守りながらも精一杯、後押しした。


目の前で起こっている奇跡的な展開を一部始終見ていたのは、アルフレッドも同じだった。

「どうします？　これでも彼を手放せるんですか？　どこにどう転んだとしても、結局彼はこの世界で生き抜くと思いますよ。たとえ、あなたがいてもいなくても、彼はこの道で生きていく人間です。これだけの仲間に囲まれているんですから、他には目がいかないでしょう――」

着替えて戻ると同時に、唖然と立ちつくした圏崎は、初め狐《きつね》にでもつままれたような顔をしていた。

これを全部響一が呼んだのか、揃えたのかと思うと、言葉もない。

しかも、自分が何をしたわけでもないだろうに、アルフレッドは鬼の首でも取ったような顔で、圏崎に言ってきた。

「もし私があなたなら、彼にこの世界で生きてきてよかった。きっとこれ以上面白い世界はない。やりがいのある仕事もない。そう実感できる人生になるよう、全力を尽くします。年が一回り違うだけで諦めて、他人に取られるなんて忍びない。それに、彼に新しい恋人ができたとき、自分より年上だったら泣いても泣ききれません。だって、必ずしも彼が同世代を選ぶとは限らないんですよ。かといって、まるきり年下を選ばれても、これはこれで悔しいでしょうね」

まるで、これが最後のチャンスだと言わんばかりに。

これを逃したら、あとはないとばかりに。

「社長。人生にはありとあらゆる可能性があることを、どうか忘れずに」

圏崎が発した言葉をあえて使って返し、アルフレッドは満面の笑みを浮かべて、自分も迎賓のために着替えに行った。

＊＊＊

二部制のパーティーがほどなく終了したあとのことだった。

響一は圏崎に呼ばれてあとをついていくと、片付けていた大広間から日の落ちた中庭へ移動した。点々と外灯が点けられた庭園は、昼とは違った落ち着きとムードを持っており、響一は、できることなら改めて見に来たい庭だなと思った。

今は、いったい圏崎が何を言ってくるのかと思うだけで緊張してしまい、この季節に何が咲いているのか見る余裕もない。一歩前を歩く圏崎の背中を追うだけで精一杯だ。

「今日はありがとう。本当に助かった。なんて御礼を言っていいのかわからない。とても助かったよ」

圏崎は、手ごろな場所で足を止めると、いつか事務所の屋上で見せたような、綺麗で切ない陳謝をしてきた。

まるで振り出しに戻ったような、いや、これがなんの関わりもなくなってしまった証なのかと思うと、響一は今更切なさが込み上げてきた。

「いえ。元を正せば、こちらの責任ですから。ご迷惑をおかけしてすみませんでした」

それならばと、自分も他人行儀な謝罪をしてみるが、こんなの胸が痛くなるばかりだ。

こんなことなら、事務的なことは香山たちに任せてしまえばよかった。ボイコットの謝罪から何から全部放り投げてしまえばよかったと、つい考えてしまう。

「謝らないで。本当を言うと嬉しかったんだ。こんなこと言ったら経営者としては失格だけど、君が俺に仕返ししてくれたのかと思って、まだ俺のことを忘れずに怒ってくれてるのかと思って」

しかし、そんな響一に圏崎は、今日初めての笑顔を見せた。

「意味がわからないんですけど」

「君が子供らしい反撃に出てくれたのかと思ったってことだよ。ただ、どうやらこれは弟くんの仕業だったみたいだけどね」

満面とは言い難い、どこか苦しそうなそれではあるが、それでも笑顔は笑顔だ。しかもかなりざっくばらんだ。

「君はどこまでも仕事に私情は挟まない。だから、よそで偶然会っても何事もなかったように笑顔ですれ違う。まるで俺のことなんか気にしてないって顔で、ちゃんと仕事もして立派だよ」

「圏崎さん？」

口調に構えがなくなると、響一は少しだけ圏崎との距離が戻った気がした。

少なくとも、まったくの他人という気はしない。二人でステーキを食べたくらいの距離までは縮んでいる、そんな感じがした。

「子供なのは、俺のほうだった。自分から夢中になって口説いたくせして、君の年に驚いて逃げ出した。それなのに、いざ離れたら、君が子供らしく絡んでくれないことに不満を覚えるなんて……。君の傍にいる仲間たちにも嫉妬《しっと》するなんて、みっともないったら」

そして、そんな距離は少しずつだが、二人が特別な関係だったところまで近づいていた。

「君が香山のトップとしての役割を果たしている姿を見れば見るほど、俺は痛感してた。本当は頻繁に届くメールや画像が、どんなプレゼントをもらうよりも嬉しかったんだなって。俺のコアなホテル話を笑って聞いてもらって、意見も交換できて、楽しかったし充実してたし、何より有意義だったんだって」

間違いなく恋人同士だったところまで到達した。その間に圏崎が、どんな気持ちで響一を見ていたのか、また受け入れていたのかを明かすところまで来た。

「そうかと思えば快感に従順で、恥ずかしがりながらも俺の求愛に応じてくれる姿が愛しくて。俺は君が好きで、愛しているからこそ、未来ある君には相応しくないんじゃないかと思って身を引いたはずなのに、実際は未練たらたらだった。君のほうがよほど割り切りがいい。大人だったんだなって、そう思ったよ」

圏崎が、響一を子供扱いしたことに、初めて後悔を口にした。

「特に今日は、決定打だった」

むしろ子供なのは自分だった。響一のほうが、ずっと大人だったと懺悔《ざんげ》しては、また二人の距離を一方的に離した。

「――――そんなこと、ない。俺のほうが大人なんてこと、あるわけない」

響一は、ここを逃したらあとがないと本能的に思った。

「俺は、何一つ納得なんかしてなかった。圏崎さんの身勝手を許してもいないし、仕事で会っても声もかけられない。笑ってすれ違うことしかできないことに、全然納得なんかしてなかった」

今言わなければ、今後言う機会を失くす。

「響一…」

「でも、子供だから駄目だって言われたら、拗ねるなんてできないし。じゃあ、俺がもっと大人なら認めてくれるのかなって思ったところで、年ばっかりはどうにもならないだろう」

機会を失くすだけではなく、圏崎そのものも失くす。

「せめて、仕事だけでもちゃんとするしか方法がないから頑張ってたけど、それでも苦しくて苦しくて仕方なかった。会うたびにどうして、なんでって食ってかかりたかったし、やっぱり別れたくない。そんな理由ひどいよって、ずっとこうして、しがみつきたかった‼」

なぜだか一生会えなくなるような予感さえして、響一は振り払われても構わない覚悟で、圏崎の胸に飛び込んだ。

「抱きついて、無理やりキスもして、うんと困らせてやりたかった！」

これまでずっと言わずに耐えてきたことを、全部圏崎本人に向けてぶちまけた。

「けど、そんなことしたら、だから子供はって……。面倒なんだって言われると思ったから……」

子供に子供だというのは一番罪だ。

子供から子供らしさを奪うのは、もっとも大人がしてはいけないことだ。

圏崎は、なりふり構わず抱きついてきた響一を受け止めると、まだ不安なのか、抱きしめ返すこともしないで聞いてきた。

「響一。俺は、もしかして改めて君に好きだと言っていいんだろうか？　ずっと傍にいてほしい。やっぱり俺と同じ世界で生きてほしい。そう、伝えていいんだろうか？」

響一は、思わず腹が立って、見た目よりもしっかりとした圏崎の胸に握り拳を打ちつけた。

「そっちが言わなくても、俺が言うよ‼」

二度も、三度も打ちつけながら、誰に聞かれても構わないというほどの声で、圏崎に向かって初めて駄々をこねた。

「すぐに大人になるから、待っててよ。やっぱり俺の傍にいてよ。そしたら、俺が圏崎さんをホテル王にする。この日本でも必ず成功させる。それを俺の目標にするし、これからの夢にする」

それは、これまで見てきた中で、一番響一らしい姿だった。

可愛いのに、逞《たくま》しい。綺麗なのに、勇ましい。大胆で、怖いもの知らずで、大物で。

これこそ一目で圏崎を虜にした、強く激しい存在だ。

花嫁より美しい配膳人――まさにそう呼ばれるに相応しい香山響一だ。

「だから、だから」

圏崎は今こそ観念するときだと実感すると、泣き縋る響一を力いっぱい抱きしめた。

「ああ。待ってる。ずっと傍にいる」

そしてもう二度と破ることはない、そんな約束をした。

「神に誓って、俺は君から離れない。もう二度と、君を離さない」

永遠の愛を誓った。

「絶対にだよ」

響一は、庭のどこかで湧き立つ噴水の音に包まれながら、この場で誓いのキスを交わした。

目の前には神殿もチャペルもないけれど、自らが「神」と崇めたホテルマンがいる。

この世界で誰より惹かれた、その仕事ぶりに耽溺した圏崎がいる。

「好き…、大好き」

響一は、これ以上確かな愛の誓いはないと思った。

「俺もだよ、響一。愛してる。俺は香山響一を、愛してる」

そして圏崎もまた、これ以上欲しいものはない、手に入れたいものはないと感じると、愛する者を二度と離さないことを己にも誓った。


今夜は帰ったら響也をこってり絞ってやる！

そう決めていた響一だったが、目の前にある極甘な誘惑に勝てず、結局響也へのお説教は後回しにした。

圏崎の「来る？」という問いかけにしっかりと頷き、仕事が終わると喜び勇んで圏崎が宿泊中のホテルへお泊まりに行ってしまった。

もちろん、「ごめんなさい」の一言で去られた香山以上に、響子は複雑そうだった。

こればかりは、中津川もフォローできない。かえって八つ当たりされそうで。

しかし、響一の下にはまだ二人の男子が残っている。特に、帰れば未だに不貞腐れて大泣きしているだろう問題児もいるので、ここは仕方ないかと黙認した。

むしろ、それ以上に問題なのは、集まりに集まったこの香山の登録社員やOBたちだ。

まさか、このまま「ご苦労様」で解散させるわけにはいかない責任のほうが大きくて、響子と香山は、これはどこで打ち上げをしようか？　どこか店でも貸し切ろうかという相談をし合い、結果、近場の居酒屋を丸ごと乗っ取り大宴会、全員が始発帰りという、何年経っても代わり映えのしないお祭り騒ぎで一幕を閉じた。

甘くて濃密な夏の一夜を過ごした圏崎と響一とはえらい違いだ。

「そういえば、チャペルは大々的に改築しなかったんだね」

響一は、心身共に眠れぬ夜を過ごすと、翌日は圏崎の腕の中で夜明けのコピ・ルアックを堪能した。

「あそこは、響一と再会した思い出の場所だから。変えたくなかったんだ」

「え？」

一つのマグに淹れられたコピ・ルアックを二人で分け合い、これからは何があってもこうしよう、二人でいろいろなものを分け合っていこうと、自室があるにも拘らず帰宅を遠慮したアルフレッドが聞いたら失笑しそうな甘いひとときを、ここぞとばかりに愉しんでいた。

「神に向かう君の姿が噂通りだったから。ステンドグラス越しに降り注ぐ光を浴びる君が、確かにどんなに着飾った花嫁より美しいと感じて、目に焼きついていたから。せめてその景色だけでも変えずに取っておきたかった。公私混同しまくりだって、アルフレッドにはここぞとばかりに怒られたけどね」

ここだけの話だけどね――と、離れていた間に起こったいろいろなことも、お互い包み隠さず話し合った。

「圏崎さん」

「好きだよ、響一」

こうしてみると、どうしてあんなに年のことが気になったのかが、圏崎自身にもわからない。

「俺も。俺も、圏崎さんが大好き！」

やはり、大人ばかりの世界が当たり前になっていたところで、突然突きつけられた「高校生」という肩書があまりに鮮烈だったのかもしれないが、だからといって、その肩書までが変わるわけではない。

「――――て、あ、しまった!! 今日から俺、夏期講習だ」

「え？」

響一が思い立ったように行動を起こすところがすぐに直るのかと聞かれたら、それはまた別の話だ。

「ごめん。自分で受けるって申し込んじゃったから、遅刻するわけにもいかないんだ。皆勤賞もかかってるし、学校まで送ってもらえるかな？ いや、その前に家だ。制服に着替えなきゃ、登校できない」

圏崎は、またかと思うと、マグを片手に溜息をついた。

「夏期講習に、皆勤賞…。成績がトップクラスの上に、それは立派だね」

「あ、またジェネレーションギャップ感じてる！ その苦笑いと口調、前と同じだ」

だが、この会話を楽しめるのも残りわずかと思えば、笑って「いや。これも今だけの楽しみかなと思って」と、残ったコピ・ルアックを飲み干した。

「これからデートは休日前にしないと駄目だね」

そうして一つの提案をする。

「それを言うならお泊まりは！　デートだけなら、なんの問題もないよ」

「あ、そうか。でも、それだけで終われるかな。いっそ響一が通ってる学校の近くにマンションでも買おうかな。そしたら毎日でもうちに泊められる」

まだ逃がしたくない、ベッドの中に引き止めておきたいという思いから、響一の裸体をギュッと抱きしめ、口づけた。

「っ、もう！　圏崎さんってば、見かけによらずエロいんだから」

「響一もね」

「それは教えた側の責任！」

時間がないのか響一は、名残《なごり》惜しそうにベッドを出た。

だが、ふと何かを思いついたのか、脱いだ衣類を拾いながら、真顔で圏崎に言ってきた。

「あ、そだ。でも、本当にマンション買うぐらいなら、手頃なホテル買収したほうがグループ拡大に繋がると思うよ。俺、ベルベット好みの老舗ホテルが学校の最寄り駅近くにあるの見たから、調べてみようか？」

アルフレッド顔負けの冷笑を浮かべて片側の口角を上げた。

「――――…本当にいろんな意味で、君は多才だね」

圏崎は、これは末恐ろしいと感じて、ついつい笑顔が引き攣った。

「あ、またその口調!!　俺は圏崎さんのために言ったのにぃっ」

と、響一はムッとしたのを隠さず、手にした衣類を投げてくる。その言動は子供っぽくて可愛くて、だが、今はなぜかこのほうがホッとする、安堵を覚える圏崎だった。

おしまい♡

あとがき

こんにちは、日向《ひゅうが》です。このたびは本書をお手にしていただきまして誠にありがとうございました。本書はかれこれ二十年近く温め、そして育ててきた香山《かやま》配膳のトップのお話なのですが、本当なら香山（社長）の仕事と恋のお話が書きたかったはずなのに、その機会を得たときには「甥っ子の代」になっておりました。いや、デビュー当時の本にも出てくるぐらいですからね、香山配膳は。そら当時トップだった香山もアラフォーになっちゃいますよね。日向のお話は時間が止まっていないので、こんなことも起こったりするわけですが、これはこれで楽しんでいただけたら幸いです。

そしてここからは御礼になりますが、明神《みょうじん》翼《つばさ》先生！　このたびは素敵なキャラをありがとうございました。仕事三昧な男集団なのに、すべてがキラキラして見えます。感無量です♡　また機会がございましたら、よろしくお願いいたします。そしてそして担当様、いつもお疲れ様です。今もお互い奮闘中ですが、どうにか乗り切りましょう（笑）。

それでは最後になりましたが皆さま、ここまで読んでいただきまして、ありがとうございました。またどこかでお会いできることを祈りつつ。

http://www.h2.dion.ne.jp/~yuki-h/　日向唯稀♡

CROSS NOVELS既刊好評発売中

お前の尻にならば、敷かれてもいいぜ？

事務官の佐原が飼っているのは、極上の艶男で!?

極・嫁

日向唯稀

Illust 藤井咲耶

「極道の女扱いされても、自業自得だ」
ある事件を追い続けていた事務官・佐原が、極道の朱鷺と寝るのは情報を得るため。飼い主と情報屋、そこに愛情などなかった。だが、朱鷺にすら秘密にしていたものを別の男に見られた時、その関係は脆く崩れ去った。朱鷺の逆鱗に触れた佐原は、舎弟の前で凌辱されてしまう。組の屋敷に監禁され、女として扱われる屈辱。しかし、姐ならぬ鬼嫁と化して行った家捜しで、思いがけず事件の真相に近づけた佐原は、犯人と対峙するために屋敷を飛び出すが!?

CROSS NOVELS既刊好評発売中

奈落の底まで乱れ堕ちろ
恋人を亡くして五年、現われたのは熱き手負いの獣

Love Hazard -白衣の哀願-

日向唯稀　Illust　水貴はすの

恋人を亡くして五年。外科医兼トリアージ講師として東都医大で働くことになった上杉薫は、偶然出会った極道・武田玄次に一目惚れをされ、夜の街で熱烈に口説かれた。年下は好みじゃないと反発するも、強引な口づけと荒々しい愛撫に堕ちてしまいそうになる上杉。そんな矢先、武田は他組の者との乱闘で重傷を負ってしまう。そして、助けてくれた上杉が医師と知るや態度を急変させた。過去に父親である先代組長を見殺しにされた武田は、大の医師嫌いで……!?

CROSS NOVELSをお買い上げいただき
ありがとうございます。
この本を読んだご意見・ご感想をお寄せください。

〒110-8625
東京都台東区東上野2-8-7　笠倉出版社
CROSS NOVELS 編集部
「日向唯稀先生」係／「明神　翼先生」係

CROSS NOVELS

ビロードの夜に抱かれて

著者
日向唯稀

2010年10月22日　初版発行　検印廃止

発行者　笠倉嗣仁
発行所　株式会社　笠倉出版社
〒110-8625　東京都台東区東上野2-8-7　笠倉ビル
[営業]TEL　03-3847-1155
FAX　03-3847-1154
[編集]TEL　03-5828-1234
FAX　03-5828-8666
http://www.kasakura.co.jp/
振替口座　00130-9-75686
印刷　株式会社　光邦
装丁　磯部亜希
ISBN　978-4-7730-8526-6
Printed in Japan

CROSS NOVELS